ハズレ属性土魔法のせいで辺境に追放されたので、ガンガン領地開拓します！

Hazure Zokusei Tsuchimaho No Sei De Henkyo Ni Tsuiho Saretanode, Gangan Ryochikaitakushimasu!

[著] 潮ノ海月

[イラスト] しいたけい太

アマンダ
女性だけの
冒険者パーティ
『進撃の翼』のリーダー。
姉御肌な大剣使い。
リンネ
商人からエクトに譲られ、
彼の世話をすることに
なった元奴隷の
メイド。
リリアーヌ・
グランヴィル
ボーダ村発展の真相を
確かめるべく、視察に来た
宰相の孫娘。
エクト・グレンリード
辺境伯家の三男だったが、
土魔法を手に入れたために
ボーダ村の領主に任命される。

ノーラ
巨人族と人族のハーフ。パーティの皆を見守る『進撃の翼』のタンク役。
ドリーン
『進撃の翼』の炎魔法士。無口な恥ずかしがり屋で、いつもフードを被っている。
セファー
『進撃の翼』の弓使い。真面目で几帳面なハーフエルフ。
オラム
『進撃の翼』に在籍するハーフノームの土魔法士。明るいムードメーカー。
主な登場人物

プロローグ　ハズレ属性

ファルスフォード王国の最南端から西部にかけての辺境を領土とする、グレンリード辺境伯《へんきょうはく》家。

その三男として生まれた俺《おれ》、エクトは、十五歳になってしばらく経った今日、成人の儀式である『託宣《たくせん》の儀』を受ける。

託宣の儀とは、教会において自分固有のスキルを与えられるという、大変ありがたい儀式だ。この国では、よほどの田舎《いなか》で教会がないとかでもない限り、成人になる男女のほとんどが受けることになっている。

スキルとは、鍛冶《かじ》や商売などの生活に直結する才能だったり、戦闘に使えるような身体能力を上げるものだったり、属性魔法を扱えるようになるものだったりと、色々なものがある。

儀式ではその中から一つ、スキルを与えられるのだ。

特にこの国の貴族の子として重視されるスキルは、属性魔法である。

魔法スキルの属性は、炎、水、風、土の四属性が基本だ。さらに他にも、持つ者は少ないが光属性や闇《やみ》属性も存在する。

中でも、炎、水、風の三属性の魔法は、騎士や兵士として即戦力になることもあり、ファルスフォード王国の貴族、そして教会で特に重宝されていた。

俺の生まれたグレンリード辺境伯家は代々、『三属性魔法士』とも呼ばれる、炎、水、風の三属性のどれかのスキルを持つ魔法士を輩出《はいしゅつ》してきた家系である。

父であるランド・グレンリード辺境伯、そして兄である長男のベルドも次男のアハトも、当然三属性魔法士だ。

だから、領都グレンデにある領主の館から教会へと向かう馬車の中、同乗する父上も俺自身も、当然俺は三属性魔法士になるだろうと期待して、窓の外をボーッと眺めていた。

教会へ着くと、多くの民衆が託宣の儀の見物に来ていた。年に一回の儀式だ、これだけ人が集まるのも頷《うなず》ける。

教会の前で馬車が停まり、父上が降りると、教会に群がっていた民衆が静かになる。そして、領主である父上に道を譲《ゆず》るように、人混みは二つに割れた。

父上はこちらに振り向き、じっと見つめてくる。

「エクト、わかっているとは思うが、今日はお前にとって重要な日だ。我が家系は、多くの三属性魔法士を輩出している――意味はわかるな？」

「はい、父上の期待を裏切らないようにいたします」

俺が頷くと、父上はまっすぐに教会へと向かった。

まぁ、託宣の儀で明らかになるスキルは、自分の意志でどうこうできるものではないんだが……グレンリード家の血を信じて、儀式に臨《のぞ》むまでだな。

俺は父上の後ろを追うようにして、教会の中へと進む。

教会の中では、成人になったばかりの男女が、前方の祭壇《さいだん》のところにいる神父を先頭に、列を作って並んでいた。

俺はその最後尾に並んで、自分が呼ばれる順番を待つ。領主の息子という権力を使って、順番に割り込むこともできるが、そこまでする必要はないだろう。

父上はといえば、教会内に並べられた長椅子《ながいす》の最前列に座って、俺の結果を待っていた。

儀式の流れはこうだ。

壇上にある水晶は魔道具で、新成人が右手をかざすことで、神父がスキルを読み取ることができるようになっている。そして読み取ったスキルを、神父が新成人に伝える——それだけだ。

あっという間に順番は進み、俺の前に並んでいた男子の番になる。

どうやら彼は鍛冶スキルがあったようで、それを聞くと喜びに目を輝かせて、両親に向かって手を振っていた。服装からして父は鍛冶師なのだろう、壇上から降りて両親の元に駆け寄った彼は、二人に抱きしめられて教会を後にした。

それを見送った神父が俺に目を向ける。

「エクト・グレンリード君、壇上に登ってきてください」

俺は緊張《きんちょう》しつつ、ゆっくりとした足取りで壇上に登って、神父の前に立つ。

「成人、おめでとう。これより託宣の儀を執り行います。水晶の上に手をかざしてください」

言われるがまま、水晶の上に右手をかざすと、水晶が光り輝き始めた。神父は真剣な顔つきで、水晶の光を読み解いている。

じきにその輝きが静まると、神父が複雑な顔で俺を見た。

「……エクト・グレンリード君、君のスキルは土属性魔法だ」

え？　三属性魔法士じゃないのか？

予想外のことに俺が何も言えないでいると、父上が席から立ち上がり、悲痛な面持ちで神父に語りかけた。

「エクトはグレンリード家の……三属性魔法士を輩出してきた家系の三男だぞ。それが土魔法士とは、間違いではないのか。神父よ、やり直しを要求する」

「グレンリード辺境伯、お気持ちは理解できますが、エクト・グレンリード君のスキルは土属性魔法に間違いなく、何度やっても変わるものではありません。残念ですが諦《あきら》めてください」

神父の言葉を聞いた父上は、今までの威厳《いげん》がなくなり、力なく席に座った。

壇上から降りた俺は、無言のまま父上の隣に座る。かける言葉が浮かばないのだ。

この国においては、炎、水、風の三属性魔法士が優遇される一方で、土魔法士はハズレ扱いされている。

なぜならば、戦闘で役に立たないと言われているからだ。

そもそも魔法というのは、体内の魔力を放出し、自然界にある魔素と融合《ゆうごう》させることで発動するものである。

炎、水、風が重宝されているのは、遠距離攻撃や広範囲高威力の攻撃に向くためだ。

一方土魔法は、魔力を土に変えたり、その辺の土や石に魔力を浸透《しんとう》させて操ったり、といった使い方しかできないので、あまり攻撃に向かない……と言われている。しかも、魔力の効率が比較的悪く、相当魔力量がないと、有用な使い方ができない。

そのせいで、魔法士の中でも土魔法士は馬鹿にされがちなのだ。しかもそれが貴族の息子ともなれば、戦場に出ることもできない役立たずとして、蔑《さげす》まれること間違いなしだろう。

父上は席を立つと、顔を真っ赤にして、憤怒《ふんぬ》の形相で俺を見下ろす。

「グレンリードの家名に泥《どろ》を塗《ぬ》りおって、この面汚《つらよご》しが。さっさと邸《やしき》に帰るぞ」

父上は俺が席を立つのも待たずに、ズカズカと外へ出て行ってしまった。

俺は急いで父上の後を追って教会を出るが、儀式を受けるために並んでいた新成人や、教会の中にいた家族は、俺がどんなスキルを手に入れたか、聞こえていただろう。

となると、グレンリードの三男が土魔法士だという噂《うわさ》は、あっという間に広がるはずだ。

……これで、領都グレンデでの俺の居場所はなくなるんだろうな。

父上と共に邸に戻ってからすぐに、俺は軟禁《なんきん》状態になった。

「グレンリード家の恥《はじ》を外出させるわけにはいかん」と父上からの命令が下ったからだ。

さらに、今朝まで一緒に食事をとっていた家族とさえ、顔を合わせることを禁じられた。

その上、さっそく俺のスキルのことが邸内に広まったせいで、使用人達まで俺をあからさまに避《さ》けるようになっていた。

流石《さすが》に食事は用意してくれているようなので、食堂に向かったのだが……

運が悪いことに、長男のベルドと、次男のアハトが食事をしていた。

二人とも、俺に気付くと不潔《ふけつ》なものを見るような目を向けてくる。

ベルドは炎の魔法士で、アハトは風の魔法士だ。二人とも三属性魔法士であることを誇りに思い、それゆえに俺が土の魔法士であることを嫌悪《けんお》しているようだった。

ベルドは俺を見ると、顔を歪《ゆが》ませる。

「同じテーブルで食事などできん。自分の立場を弁《わきま》えて、時間をずらして食堂に来てほしいものだ」

今朝から随分《ずいぶん》な態度の変わりようだ、そんなに土魔法士が嫌か、なんて心の中で呟《つぶや》くが、言葉にすることはできない。この家において、土属性魔法士である俺が、三属性魔法士に逆らうことは許されないからだ。

アハトはといえば、ベルドに注意されている俺を見て、嘲《あざけ》りの表情を浮かべている。

「臭い。臭い。土臭い。せっかくの料理が不味《まず》くなる。エクト、お前は食堂に来るな」

「……申し訳ありません。改めて出直してきます」

俺が頭を下げて自室へ戻ろうとすると、まだ料理が残っているのに、ベルド達は席を立った。

「俺達は食事を終えた。お前がいては、料理が不味くなるからな。お前は一人で食事をすればいい。行くぞ、アハト」

「はい、兄上。おいエクト、これからは俺達が食事している時、食堂に顔を出すな。わかったな」

「申し訳ありません。以後、気をつけます」

俺は二人に丁寧に頭を下げる。その横を、二人は通り抜けて去っていった。

内心凹《へこ》みつつ、席に着いた俺の元に、メイドが料理を運んでくる。

しかしその肩は震えていて、笑いを堪《こら》えるような表情を浮かべていた。

彼女が足早に厨房《ちゅうぼう》へと戻っていくなり、中から笑い声が聞こえる。

どうにも居心地が悪く感じた俺は、手早く食事を済ませ、部屋へと戻ることにした。

しかしその途中でも、すれ違いざまに立ち止まって頭を下げてくるメイド達の肩が震えていることに気が付いてしまい、気分が晴れることはなかった。


自室へ戻った俺はベッドに座って、安堵《あんど》のため息をつく。やっぱり一人になれる部屋が一番落ち着くな。

そのままベッドにゴロンと寝転んで、両手を握ったり広げたりして、ぽつりと呟く。

「ここまで露骨《ろこつ》な態度を取られるなんて、さすがに予想外だったな……土魔法も使いようによっては便利な魔法だと思うんだけど」

俺は土魔法の有用性を確信していた。

なぜならば、俺にはここととは違う世界——二十一世紀の日本で生きていた人間の記憶を持っているからだ。

俺は十歳の時、原因不明の高熱で一週間ほど寝込んだことがあるのだが、その時に日本での記憶を取り戻している。

それからというもの、いずれ三属性魔法士になった時に、どうスキルを使い、どう領地を発展させていくか、地球での知識が使えないかと色々模索《もさく》していたのだが……まさか土魔法士になるなんてな。

とはいえ、土魔法を有用に使う、この世界の住民には思いつかないであろう方法もいくつか考えてある。血筋のおかげか元々の魔力量も多いし、将来のために鍛《きた》えてきているので、土魔法を使うのに十分な魔力もあるのだ。

どうせしばらく軟禁状態だろうから、もっと色々アイデアを出してみるのもいいかもしれないな。


――託宣の儀から半年。

邸から出ないまま過ごしていた俺はある日、父上に執務室へと呼び出された。

執務室の扉を開けて中に入ると、机の上の書類を整理していた父上が、手を止めて厳《いか》めしい顔で俺を睨《にら》む。そういえば、託宣の儀以降、父上の笑顔を見ていない。

「お呼びにより、エクト参りました」

俺がそう頭を下げると、父上は忌々《いまいま》しげに言い放った。

「お前を、辺境伯領の西端にあるボーダ村の領主に任命する。用意ができ次第、出発しろ」

――とうとうこの日が来たか。

この領都グレンデでは既に、俺が領主の一族であるにもかかわらず土魔法士であることが広まっている。いつか追放されるのではないかと思っていた。

それにしても、随分と遠い所まで追放されたものだが……このまま領都グレンデに、そしてこの邸にいても笑いものでしかないだろうし、文句は言えないな。殺されなかっただけマシだろう。

当然、俺に拒否権はない。

父上は椅子から立ち上がり、顔を真っ赤に染めて、俺を指差す。

「お前のような者はグレンリード家にはいらん。これからはグレンリード家の名を名乗ることも、この家に戻ってくることも許さぬ。ただのエクトとして領主を務めよ」

別にグレンリードの家名にも未練はないので、俺は淡々と頭を下げる。

「承りました。ボーダ村へ赴《おもむ》きます」

「旅の護衛として冒険者パーティをつけてやる——さあ、部屋から出て行くのだ」

こうして俺はグレンリード家を追放となった。

第1話　ボーダ村へ

三日後の早朝、全ての準備を整えた俺は、邸を出発し、領都グレンデを離れた。

馬車の中は俺一人で、周囲をBランク冒険者パーティ『進撃《しんげき》の翼《つばさ》』の五人が護衛してくれている。

冒険者のランクは、最初はFでE、D、C、B、Aと上がっていき、数は少ないがその上にSがある。Bランクというのは、かなり優秀な部類だ。

邸に『進撃の翼』がやってきて自己紹介をされた時、俺は驚いてしまった。

なぜならば、メンバーが全員女性だったからだ。

御者《ぎょしゃ》として馬車を動かしているのは、パーティのリーダーを務めるアマンダ。長身で豊満な双丘《そうきゅう》、細い腰から臀部《でんぶ》にかけてのラインが艶《なま》めかしい、スタイル抜群の赤髪の女性だ。

馬車の前方でピョンピョンと跳《は》ねながら、馬と戯《たわむ》れている紫髪《むらさきがみ》の女性は、俺の腰までぐらいしか身長のない、ハーフノームのオラム。

馬車の扉の横を清楚《せいそ》に歩いているのは、ハーフエルフのセファー。エメラルドグリーンの長髪が風になびいて美しい。

後方にいるのは、ドリーンとノーラ。

炎魔法士のドリーンは、黒い外套《がいとう》のフードを目深《まぶか》に被って、顔を隠している。挨拶《あいさつ》の時に見えた顔は童顔で可愛らしかったが、それが嫌でフードを被っているみたいだ。

ドリーンの隣で大楯《おおたて》を担ぐノーラは、巨人族と人間族のハーフだそうだ。戦闘の時は大楯を持ちタンクとして前衛に立つが、いつもは後方から皆を見守るような立場らしい。

アマンダが退屈そうに、腕を頭の上で組んでため息をつく。

「あーあ、なんでこんなお坊《ぼっ》ちゃんを護衛して、西の辺境まで行かないといけないんだよ。グレンデで遊んでたかったな」

そんなアマンダに、オラムが振り向いて答えた。

「報酬《ほうしゅう》が良いからって引き受けたのはアマンダじゃん。護衛するだけで一人金貨十枚なんだから文句は言えないよ」

父上は俺をボーダ村まで護衛するのに、一人金貨十枚も支払ったのか。

この世界の金貨一枚は、日本円で十万円に相当する。金貨二枚もあれば、一般庶民が一ヵ月間暮らせる。最後は嫌われていた割に、父上も奮発したもんだな……餞別《せんべつ》とか手切れ金とかのつもりだったのかもしれないけど。

ちなみに俺は出発の準備の時、邸内を家探《やさが》しして、両親や兄達のへそくりを貰《もら》ってきた。二度と邸に戻してもらえないのだから、これぐらいの仕返しをしてもいいだろう。

というわけで、俺の荷物の中にある革袋の中は、金貨十枚分の価値のある大金貨でザクザクだ。辺境で使う機会がどの程度あるかわからないが、資金に困ることはないはずだ。

今頃、父上達は慌てているんだろうな、と俺は馬車の中で一人ほくそ笑む。

少し気分転換したくなったので、馬車の窓を開けて外の空気を吸う。とても気持ちがいい。

「アマンダ、ボーダ村までは何日かかるんだ？」

「あんまり馴《な》れ馴《な》れしく話しかけてくるんじゃないよ。私は実力のない男は認めない主義なんだ。坊やは黙って馬車の中へ籠《こも》ってろ」

実際は準備期間中に調べて知っていたのだが、仲良くなろうと思って聞いてみたところ、アマンダはフンと鼻を鳴らした。

なるほど、『進撃の翼』は領都を拠点にしているパーティだから、俺が土魔法士であることを知っているんだな。

となると、これ以上、アマンダに何も聞かない方がいいのだろうか。

すると前方から、オラムがピョンと馬車の横へやってきて、俺の顔を見てニッコリと笑った。

「ボーダ村へは馬車で片道半月近くかかると思うよ」

「教えてくれてありがとう」

「僕はハーフノームだからさ。同じ土魔法士だから安心して」

ノームは地属性の妖精《ようせい》だから、ハーフノームのオラムが土魔法士というのも納得だ。オラムとは友達になれそうだな。

アマンダがオラムの頭にコツンと軽く拳《こぶし》を落とす。

「こらオラム、勝手に坊やと話すな。私はまだ坊やを信用してないし、坊やはただの護衛対象だよ」

「アマンダは頭が固いよね。もっと気楽に考えればいいのに」

その言葉を聞いたアマンダが、オラムを捕まえようとするが、彼女はスルリと躱《かわ》して、ニッコリと笑って馬車の前へと走っていった。


太陽が西に傾《かたむ》き、森林に隠れようとする頃。街道の少し先で、路肩の窪《くぼ》地《ち》に斜めになって動かなくなっている馬車と、それを囲む山賊《さんぞく》らしき、馬に乗った人影を発見した。

あの様子だと、山賊達に襲われ逃げている最中に、路肩の窪地にハマり込んで動けなくなったのだろう。このまま放っておけば山賊達の餌食《えじき》だ。

アマンダはといえば、険しい顔で前方の山賊達を見ていた。

「この距離だと、私達の馬車もじきに山賊達に見つけられるね。そうなれば山賊達は襲ってくるだろうし、先制攻撃を仕掛けることにするか」

アマンダの言葉を聞いた『進撃の翼』のメンバーは臨戦態勢に入る。

アマンダとノーラが馬車の前を駆け走っていく。オラムとセファーがその後ろにつき、最後尾をドリーンが走る。

俺も馬車を降りてオラムに並走すると、アマンダが振り向き睨んできた。

「坊やは馬車の中にいな。これは私達の仕事だよ」

「あれを見ろよ。山賊達の数、二十人を超えてるぞ。俺も手伝うよ」

「土魔法士に何ができる。足手まといだよ」

「アマンダに認められるように頑張るさ」

俺はそう軽く返しながらアマンダの睨みを受け流して、オラムの隣を走る。

「……勝手にしな。そのかわり、危なくなっても助けないからな」

アマンダは鞘《さや》から両手剣を抜き、ノーラは背中から取り出した大楯を前に構え、そのまま走り続ける。

そこでようやく、山賊達が振り返って、俺達の接近に気付いた。

「また来やがったぜ。今日の獲物《えもの》は大漁だな」

「馬鹿な連中だ」

十人ほどは馬車を取り囲んだまま、残りの山賊達が、馬を翻《ひるがえ》して俺達の方向へ走ってくる。

俺はすかさず、心の中で《土網《どあみ》》と唱えた。

途端に、俺達と山賊達の間の地面が、網状に盛り上がった。一見ただの土だが、魔力が通っているため頑丈だ。

そして山賊達の馬がそのエリアに差し掛かった瞬間、心の中で《土網移動》と念じると、網状の土が一斉に移動し、足を取られた馬が、次々と転倒していく。

それを見て、アマンダが両手剣をかざして、皆に号令をかける。

「今だ！　行くぞー！」

両手剣を握ったアマンダと、大楯を持ったノーラが先ほどまでの勢いをそのままに山賊に突進していく。

オラムが両手で短剣を投擲《とうてき》し、セファーが矢を連射する。

後方で杖《つえ》を持ったドリーンが炎魔法で空中に《火球《かきゅう》》を生み出し、山賊達に火を浴びせた。

俺はといえば、負傷して次々と倒れていく山賊達の手足を地面に埋めて、身動きが取れないように固定していた。もちろん、馬の脚を固定することも忘れない。

動けない馬車を囲っていた山賊達も味方の危機を知って、慌てて俺達の方へ馬を走らせてきた。

しかし、アマンダが両手剣で馬を両断し、ノーラが大楯ごと突進することで山賊達を落馬させ、足を止めた。そこにオラムが接近し切りつけ、とどめとばかりにセファーの矢とドリーンの《火球》が降り注ぐ。

そうして倒れ込んだ山賊全員の手足を土魔法によって固定すると、戦意を喪失した彼らが泣き叫んだ。

「もうやめてくれー！　俺達の負けだー！」

「後生《ごしょう》だー！　命だけは助けてくれー！」

そんな声を背景に、アマンダはひと暴れしてスッキリしたのか、俺の方を向いてニッコリと笑っている。

「土魔法しか使えないだろうって馬鹿にしすぎていたよ、坊やはなかなかやるじゃないか。気に入った。これから坊やも私達の仲間だ」

土魔法でも十分に役に立てることを証明したからか、アマンダは俺のことを認めてくれたようだ。

これで道中に気まずい思いをしなくてよさそうだ。

「認めてくれてありがとう。もう坊やはやめて、エクトと呼んでくれ」

「わかった。エクト、これからよろしくな」

アマンダはニッコリと笑みを浮かべて、俺に手を差し伸べてきた。

もちろん俺も、アマンダの手をしっかりと握りしめる。

そうして改めて、動けなくなっている馬車に近づくと、馬車の扉が開いて、中背の男性が表へ出てきた。年の頃は三十歳前後だろうか、その男性は丁寧《ていねい》に頭を下げてくる。

「襲われているところを助けていただき、感謝いたします。私は領都グレンデを中心に商業を営んでいるアルベドと申します」

アマンダが代表してアルベドに声をかける。

「私達は冒険者パーティ『進撃の翼』だ。このエクトをボーダ村まで送り届けるところでね。通りかかったのは偶然だし、どうせ巻き込まれるだろうから倒しただけさ」

「それでもありがとうございます」

アルベドが再び頭を下げていると、彼の馬車を点検していたセファーとオラムが、渋い顔をして戻ってきた。

「あの馬車、車軸も車輪も壊れてる。修理するのは無理だよ。この場に放置していくしかないね」

オラムがお手上げのポーズをとるのを見たアルベドは、一瞬表情を険しくするが、すぐに笑顔でこちらに向き直った。

「できれば、次の街までそちらの馬車に乗せていただくことはできないでしょうか？　もちろんお礼はしますので」

馬車の中は十分に余裕がある。アルベドを乗せていっても別に問題はないだろう。むしろ、一人で馬車に乗っているのに飽きていたところだから、同乗者が増えるのは大歓迎だ。

「問題ないよ、馬車の中は俺しか利用していないから。俺の名はエクト、よろしくな」

「エクト……まさか、こんな場所におられるはずはないが、しかし……いえ、よろしくお願いいたします」

俺の名前を聞いたアルベドが、アゴに手を当てて呟く。しかしすぐに笑みを浮かべると、深くお辞儀をして、動かなくなった馬車へと戻っていった。

するとすぐに、庶民風の少女が一人、アルベドに連れられて馬車から出てきた。

栗色《くりいろ》のミディアムヘアが美しい彼女は、俺達を見てお辞儀をする。どうもアルベドの連れらしい。

アルベドは少女の手を取って、俺達の方へと歩いてくる。

「この娘は私の身の回りの世話をする奴隷《どれい》メイドで、リンネと申します。私と一緒に次の街までお願いいたします」

商人ともなれば、身の回りの世話をする奴隷メイドが一人いてもおかしくないか。

「いいですよ。皆で一緒に次の街まで行きましょう」

「おい！　ちょっと待て！　俺達はどうなるんだ！」

俺達の話がまとまったところで、地面に手足を固定されている山賊達が騒ぎ始めた。そういえばこいつらがいることを忘れていたな。

オラムは山賊達の頭をペシペシと叩《たた》きながら、ケラケラと笑って言う。

「皆どうする？　このままにしておいても、夜になったら魔獣が現れて、綺麗《きれい》さっぱり食べてくれるから問題ないと思うけど」

「嫌だー！　魔獣の餌《えさ》になるのは嫌だー！」

山賊達は目から涙を流して訴えてくる。オラムの冗談は少しやりすぎだったかな。

俺が《土縄《つちなわ》》と念じると、足元の土が盛り上がり、縄状に変化した。こちらも網と同様、魔力を通してあるので頑丈で、ロープとして利用するのに最適だ。

「アマンダ、こいつで山賊達を括って、近くの街で引き取ってもらわないか。山賊達を捕まえると報奨金が貰えるんだろう？」

「そうだな。山賊は生きたまま街の警備兵に引き渡せば報奨金が貰えるからそうするか……取り分は山分けだぞ」

アマンダの了承も得たところで、俺は縄を量産して、『進撃の翼』のメンバーが、山賊達を縛っていく。

あっという間に縛り終わり、俺達は再び出発した。

アルベドとリンネは俺と一緒に馬車に乗り、『進撃の翼』の五人は馬車を警護しながら、馬車の後ろに山賊達を引き連れて進んでいく。

アルベドは馬車の座席に座って落ち着いたのか、始終ニコニコと微笑《ほほえ》んでいる。リンネは澄んだ瞳《ひとみ》で、馬車の窓から外を眺めていた。

アルベドは愛想《あいそ》良く、俺に笑いかける。

「商品を全て売り終わった後だったのでよかったです。もし荷がある時に山賊に襲われていたら大損害でした」

商売を終えたばかりか。だから馬車が一台だけだったんだな。

一人納得する俺へと、少し悩んだような顔でアルベドが質問してくる。

「エクト様はボーダ村まで何をされに行かれるのですか？」

「グレンリード辺境伯の命令で、ボーダ村の領主を務めることになったからだよ」

「なんと、領主に……しかしボーダ村は、西の端の僻地《へきち》です。村の周囲には未開発の森林が広がる不毛の地だと噂で聞いています」

父上め。そんな不毛の地へ俺を追放したんだな。生きて戻ってくるなという意味か。絶対に生き残ってみせるからな。

「未開発の森林か。この目で確かめないといけないな」

「屈強な魔獣が多数生息している危険な森林と聞いています。その奥にはドラゴンが生息しているという噂もあるくらいです」

ドラゴンか……神話でしか聞いたことがないが、興味はあるな。

俺の表情を見たアルベドは、両手を膝《ひざ》の上に乗せて、穏やかに微笑む。

「エクト様が領主になられるのであれば、三ヵ月に一度、ボーダ村へ訪れることにいたしましょう。これまで向かったことがない辺境ですが……これも何かの縁ですからね」

アルベドの申し出は大変ありがたい。ボーダ村がどういう場所なのかわからないが、商人が来ないことには生活必需品が不足したりするだろうし、村を発展させるのも難しいだろうしな。

「それはありがとう。是非、そうしてほしい」

俺の言葉にアルベドが頷いたところで、馬車の扉がドンドンと叩かれ、アマンダの声がした。

「次の街が見えてきたぞ。もうすぐ馬車を停める。山賊達を街の警備兵に引き渡すからな」

「わかった。知らせてくれてありがとう」

もう次の街へ着くのか。アマンダの声が聞こえていたのだろう、アルベドは俺の手を掴《つか》んで満面の笑みを浮かべる。

「本当にお世話になりました。助けていただいた上に馬車にまで乗せてもらっては申し訳ない。エクト様にはお礼を差し上げたいと思います」

お礼ってさっきも言ってたよな？　まさか資金か？　資金ならそれなりに持ってるぞ！

アルベドは俺の表情から何を考えているのかわかったらしく、首を大きく横に振る。

「エクト様には、私の隣に座っておりますリンネをお譲りしたく思います。金貨百枚の奴隷メイドでございます」

こんなきれいで可愛い子を貰っちゃってもいいのか？　なんて思っている間にも、アルベドは言葉を続ける。

「リンネは読み書き、算術もでき、家事全般も得意としております。傍《そば》に置いて、損になることはありません」

「エクト様、末永くよろしくお願いいたします」

アルベドが目配せすると、リンネはそう言って頭を下げてきた。

そして、アルベドの手首が淡く紫色に光り、段々と消えていく。

「――これで私とリンネとの奴隷契約を解除いたしました。これからはエクト様が、リンネの正式な主人となります。奴隷契約を結ぶならば、契約の儀式を行わなければなりませんが」

つまり、今のリンネは自由の身というわけか。せっかく奴隷から解放されたのなら、リンネの意思を尊重したい。そう思い、俺はリンネに向き直る。

「リンネ、今のお前は自由だ。俺は奴隷を必要としているわけではないし、後のことはリンネの意思に任せたいと思う。俺と一緒にボーダ村へ来るか？」

「……私の生まれた村は、飢饉《ききん》によってなくなりました。自由になったところで、どこにも身寄りはありません。それに命を救われたこの身、どうかエクト様のお傍に置かせてください」

リンネがそう言うなら断る理由もないか。

「わかったよ、リンネ。それじゃあ奴隷契約は結ばないが、メイドとしてこれからもよろしくな」

リンネはふわりと微笑んで、深々と頭を下げた。

そんな話をしている間に、俺達の馬車は隣街へと到着した。

アルベドは改めてお礼を言うと、馬車から降りて街の中へと去っていく。

アマンダ達は、街の警備兵に山賊達を引き渡して、報酬を貰い戻ってきた。

そしてアマンダはアルベドを見送る俺へと、金貨の入った革袋を投げてくる。

「山賊達の報酬は皆で山分けだからね。それはエクトの取り分さ」

アマンダ以外の『進撃の翼』のメンバーも、革袋を手にニコニコと笑っている。

とりあえず、グレンデを出たばかりの今、この街に寄る用事もないので、俺達は再びボーダ村を目指して馬車を走らせるのだった。


領都グレンデを出発してから半月以上が経った。

辺境地帯の街道沿いは見渡す限りの森林で、途中立ち寄った中規模の街を越えてボーダ村に近づくにつれて、街道も細くなっていった。やはり、人の往来が少ないのだろう。

そんな道中だったが、『進撃の翼』の五人とリンネのおかげで、毎日が新鮮で楽しく、旅を続けることができた。この半月で、かなり仲良くなれたと思う。

そうしてそろそろボーダ村に到着するかという頃、斥候《せっこう》に出ていたオラムが焦った顔で戻ってきた。

「ボーダ村を発見したけど、今は近寄らない方がいいかも。オークの集団に襲われてるんだ」

オークといえば、豚の顔を持つ身長三メートルぐらいのDランク魔獣で、ゴブリンと同じくらいの繁殖力《はんしょくりょく》を持っている。魔獣のランクは上からA、B、C、D、E、Fとなっているが、Dランクだと普通の村人では対応できないだろう。

「ボーダ村の様子はどうなんだ？　それとオークの数は？」

「村の外周を木の柵《さく》で囲んでる。今はそれで持ちこたえているけど、オークは十数体いるから、いつ破られてもおかしくない、危ない状況だよ」

俺の言葉に、オラムがすぐに答えてくれる。

このままだと俺達がボーダ村に到着する前に、ボーダ村がなくなる可能性がある。それは非常にまずい。なんとかボーダ村を助けないと。

「これからボーダ村の救出に向かう。皆、戦闘準備だ」

「おいおい。確かに私達の仕事はエクトを村まで護衛することだけど、オークがそんなにいるなら、追加報酬でもないとやってらんないぞ」

アマンダが不満げに言うが……それもそうか。それじゃあやる気を出してもらうしかないな。

「わかった。オーク一体を倒すごとに、金貨一枚でどうだ？　それなら文句はないだろう」

「ふん、妥当《だとう》なところだな。皆、戦闘準備をするよ」

アマンダの号令で、『進撃の翼』の他のメンバーも戦闘準備に入る。

そして我先にとアマンダが両手剣を抜いて走り始め、大楯を持ったノーラがそれに続く。

「待ってー！　僕達も行くからさー！」

オラムとセファーも慌てて飛び出し、ドリーンが最後尾を駆けていった。

一連の話を聞いていたのだろう、馬車から降りたリンネが、心配そうに胸の前で両手を握りしめている。

「リンネは危ないから、馬車を端に寄せて待っていてくれるか？」

「わかりました。くれぐれもお気をつけて。お帰りをお待ちしております」

「ありがとう。行ってくる」

リンネに頷いた俺は走り出す。

そうしてボーダ村に到着した時には、アマンダとノーラ、オラムがオークの群れに突入していて、乱戦となっていた。

セファー、ドリーンも少し離れた場所から、遠距離でオーク達に攻撃を加えている。

村の方はどうかと見てみれば、村を守る木の柵はガタガタで、今にも倒れそうだった。おそらく『進撃の翼』の突入が遅れていたら、じきに破られていただろう。

俺は土魔法で周囲の土を操り、木の柵の外側に土壁を出現させる。

同時に、空中に魔力で形成した岩を出現させて飛ばし、オークを貫いた。

この壁の形成や岩の出現は、普通の土魔法士の魔力量だとギリギリ可能な技だ。俺は魔力が多いから、苦でもないけどな。

もろに岩を食らったオーク達が、絶叫をあげる。

「ブゥモォォオー！」

俺は魔力を温存するため、持ってきていた剣を抜く。

これでも領主の息子として、人並以上に剣術は学んでいるのだ。

まずはオークの一体に近づいて、横薙《よこな》ぎに一閃《いっせん》。続いてアマンダとノーラの所まで走っていき、途中にいた一体を袈裟《けさ》切りにする。

アマンダは両手剣を振るいながら、俺の動きを見て獰猛《どうもう》な笑みを浮かべていた。

「へえ、けっこう剣を使えるみたいじゃないか。魔法だけと思ったけど、普通に戦えるんだね」

「それはありがとう。お褒《ほ》めの言葉は戦いが終わってからいただくよ」

「それもそうだな。さっさと片付けてしまおうぜ」

それからどれくらいの時間が経っただろうか。

全てのオークを倒した頃には、全身汗でビッショリになっていた。アマンダやノーラも肩で息をしている。

そこへオラムがピョンと飛び跳ねてやってきた。ホクホクとした笑顔で俺達を見ている。

「はい。これオークの魔石。全部で二十四個もあったよ」

俺達が息を整えている間に、オラムはオーク達の死体から魔石を抜き取ってくれていたらしい。

魔石というのは、魔物の体内にある力の源のようなもので、高額で換金できる。

というか、はじめの報告ではオーク達の数は十数体のはずだったが、予想以上にいたようだ。

オラムからオークの魔石を受け取ったアマンダは、なぜか俺の所へ持ってきた。

「オーク一体につき金貨一枚が、私達への報酬だろう。だからオークの魔石は全てエクトのものだ。大事に持っておけよ」

そう言ってくれるが、魔石は換金できるので、俺一人だけが貰うのは気が引ける。

「これはアマンダ達が倒したオークの魔石だろう。だから全部は貰えない……そうだな、半分だけ貰うよ」

「そうか。ありがたくいただいておくよ」

アマンダはニヤリと笑って、魔石の半分を受け取った。最初から俺がそう言うのを待っていたんだろう。まったく、冒険者は抜け目がないな。

さて、周囲の危険もないようだし、リンネと馬車を呼ぶことにするか。

「セファー、馬車まで戻って、オークとの戦いが終わったことを、リンネに伝えてほしい。馬車と一緒にここまで戻ってきてくれ」

「わかったわ」

セファーは俺の言葉に頷くと、エメラルドグリーンの長髪をなびかせて走っていった。

とりあえず、村を守るために作った土壁を、元の土へと戻して地面を均《なら》しておく。

すると、元々あった木の柵の隙間《すきま》から、ボーダ村の住人達が俺達を見ているのに気が付いた。

と、アマンダが村人達に聞こえるように、声を響かせる。

「オーク達は全て倒した。新しい領主様の到着だ。さっさと門を開けな」

すぐにボーダ村の門が開き、老人が出てくる。

「ボーダ村の村長をしておりますオンジという者ですじゃ。領主様とはどういうことですかのう？」

「これを」

俺は懐《ふところ》にしまっておいた封書を、村長のオンジに渡す。

父上からのもので、中には俺が新しい領主であることが書かれているはずだ。

オンジは震える手で封書を破り、中の手紙に目を通す。

そして読み終えるなり俺を見て、目を瞑《つむ》って両手を合わせて拝み始めた。

「領主様じゃ。領主様じゃ。これでこの村も救われますじゃ」

あのー？　まだ何もしていないんだけど？

「と、とにかく村の様子を見たいので、案内してもらってもいいですか？」

「もちろんですじゃ。何もない村ですが、ご覧になってください」

丁度リンネとセファーが戻ってきたので、他の『進撃の翼』のメンバーも含め、全員でオンジについて村の中を歩いていく。

ほとんどの家があばら家で、今まで倒れていないのが不思議な有様《ありさま》だった。

村人達は痩《や》せた者が多く、農作物も上手く育っていないようだ。

色々と村中を見て回って、村の中央から少し外れた場所にある広場に到着した。広場といっても、ただ広々とした空地になっているだけで、何かあるわけではないが。

あまり発展していないことは予想通りだったが、問題は、俺が住めそうな家がなかったことだな。

「この広場は空地なんだよな？　ここに俺の家を建ててもいいかな？」

俺に質問されたオンジは不思議そうな顔をして深く頷く。

「もちろん、領主様の好きに使っていただいて大丈夫ですじゃ」

許可が出たところでさっそく、俺は魔法で土を移動させ、大きな長方形の穴を掘る。続いて、その長方形の穴の角から、今どかした土を圧縮して作った柱を垂直に建てる。

圧縮した土は、普通の石のような強度になるので、そう簡単に壊れることはない。

そして同じく土を圧縮した梁《はり》を水平に組み合わせ、家の骨組みを作っていった。床や壁、天井に

あたる部分も、土を板状に圧縮して作っていく。

といっても、強度的に足りない部分もあるので、そのあたりは追い追い、木材で補強しなきゃな。

とにかくこれで、地下一階地上三階建ての家の大枠の出来上がりだ。

最後に、家の敷地を主張するために、それなりに広い庭が作れそうな範囲を塀で囲って……まだ外観だけで中身はスカスカなので、完成には程遠いが、雨がしのげる頑丈《がんじょう》な家ができた。

時間にして十五分ほどの作業だろうか。この一軒を建てるのに、けっこう魔力を使ってしまったな。まだまだ余裕はあるけど、こんな土魔法の使い方、俺にしかできないんじゃないだろうか。

自分ではそれなりに満足している。

「さて、これで俺とリンネの家が完成だな」

ふと見れば、リンネは出来上がったばかりの家を見て、手を震わせていた。

「この家に私も住んでいいんですか？」

「ああ、もちろんだよ」

リンネは頬《ほお》を真っ赤に染め、胸の前で両手を握って感動している。そこまで喜んでもらえるとは思わなかった。

周りを見ると、オンジも、『進撃の翼』の五人も、口をポカーンと開けたまま家を眺めていた。

そして我に戻ったアマンダが、唾《つば》を飛ばしながら俺の胸倉を掴んでくる。

「今何をした？」

「自分の家を建てただけだよ。土魔法を使えば簡単さ」

「こんな土魔法の使い方、見たことがないぞ……いや、それより私達の住む所も作ってくれ」

あれ？　アマンダがおかしなことを言ってるぞ？

「アマンダ達は俺をここに送り届けるまでの護衛が仕事だろ？　ボーダ村に無事に到着したんだから、アマンダ達は依頼達成で、領都に戻るんじゃないのか？」

「グレンデより、エクトのいるボーダ村に残った方が面白いことが起こるって、私の勘《かん》がささやくのさ」

アマンダはそう言うが、他のメンバーはグレンデに帰りたいかもしれないじゃないか。

そう思って『進撃の翼』のメンバーの顔を見るが、皆はニコニコと笑って頷いている。

誰もアマンダに反対する者はいないようだ。

「……わかった。俺の家の隣に『進撃の翼』の家も建てよう」

それから同じように、十五分ほどで『進撃の翼』の家を作ったのだが……

気が付けば、いつの間にか集まっていた村人達が、羨ましそうに家を見ていた。

この期待の眼差しは……村人全員の家を建て直すしかないか。

「あー、村人の皆さんの家も、明日から建て直していきますので、それまで待ってくださいね」

「「やったぁぁあー！」」

集まってきていた村人達は、喜びの声をあげる。

これだけ喜んでもらえるのなら、早めに家を建てて回りたいな。

オンジはニッコリと笑って村人達に指示を出す。

「領主様が到着された祝いじゃ。外のオークを解体して、今日は肉祭りじゃー」

そうして、俺の歓迎会となるその日の宴は、明け方まで続いたのだった。

第2話　ボーダの鍛冶師

翌日、窓から差し込む朝日を浴びながら、眠い目を擦《こす》って体を起こす。何やら家の外から声が聞こえるが……

家具がないので床に寝ていたのだが、いつの間にか毛布がかけられていて、そこに顔を乗せてリンネが寝息を立てていた。

俺が起きたことで目が覚めたのか、リンネが目を開けて、ふわりと微笑んで俺を見る。

「おはようございます、エクト様。今日は寝すぎてしまいましたね」

「ああ、昨日は楽しくて飲みすぎてしまったな」

「そうですね……表から聞こえるこの声は、オラムさんですかね？」

「みたいだな、どうしたんだろう」

起き上がり伸びをしてから玄関に向かうと、オラムが元気にピョンピョンと跳ねていた。

「エクト、家の外装はできたけど、内装がまだでしょ。だから手伝いに来たんだ」

ハーフノームのオラムは土魔法が使える上、手先が器用だという。内装を手伝ってもらえるのはありがたいな。

「ありがとう、助かるよ。ちょうど頼もうと思っていたんだ。それじゃあ、オラムは上の部屋に続く階段や、各部屋の壁なんかを作ってくれないか？　俺は地下と一階、それから厨房を作るよ。何かあったら聞いてくれ」

「わかったよ」

オラムが頷いたところで、俺は土魔法で土を生み出し、玄関ホール部分に積み上げておく。これでオラムも作業がしやすいはずだ。

オラムが二階に行くのを見送って、俺は地下に下りて、サクっと地下室と通路を完成させる。

続いて一階に戻り、厨房を作ることにする。

まずは厨房に二つのかまどを作り、その隣に洗い場や作業台を作った。

家の外側には煙突《えんとつ》を作り、かまどの煙が厨房に溜《た》まらないように工夫した。

あとは水だが……毎回外の井戸に汲みに行くのも大変なので、地下水脈がないか探してみる。

土魔法には《地質調査《ちしつちょうさ》》という、魔力が浸透する範囲でどんな成分の何があるかわかるというものがあり、それを使えば……地下百メートルほどの所に、地下水脈を見つけた。

さっそく土魔法で、地下百メートルまで細い穴を作っていく。

そして地下水脈に辿《たど》り着くなり、地下水が噴《ふ》き出《だ》した。これを洗い場の方に繋《つな》げて、蛇口《じゃぐち》をつければ完成だ。

それから、忘れてはいけないのは排水溝だ。こちらはそのまま、壁に穴をあけて洗い場から庭となる部分へと流すことにした。近くに川がありそうなら、そこへ排水できるように水路を作った方がいいかな。

他にも木製の家具など必要なものはまだまだあるが、追い追い揃《そろ》えていけば良いかと思っていると、オラムが現れた。

「二階、できたよ。必要そうなものも作っておいたから、見にきてよ」

「ありがとう、オラム。もう終わったのか？」

「もちろんだよ。僕はハーフノームだからね。土魔法は得意中の得意さ。内装ぐらいなら簡単だよ」

「俺と同じように、オラムも家を建てることはできるかい？」

「それは無理。エクトの家の作り方って独特なんだもん。真似できないよ」

やはり村の家々の建て直しは、俺一人でやらないといけないようだ。

「でも内装ぐらいなら、簡単に手伝えるから、いつでも声をかけてね」

オラムはそう言って、ニッコリと笑った。

オラムの案内でリンネと一緒に二階へ行くと、既に部屋を仕切る壁などは作り終えたようだった。

廊下の壁に燭台《しょくだい》がついていたりと、センスが光っている。

部屋の中に入れば、ベッドの土台になる部分や、机や椅子など、大まかな家具ができていた。

しかもシンプルで武骨なものではなく、装飾が施《ほどこ》されている。俺にはこれは作れないな。

隣にいるリンネは、興奮して頬を赤くしている。

「こんなに立派な内装の家に住めるなんて夢のようです」

「オラムのおかげさ。オラム、ありがとうな」

「僕達の家を建ててもらったんだから、そのお礼だよ」

そう言って、オラムは照れたようにはにかんだ。

さて、ここまでやると、風呂が欲しくなってくるな。

「少しやりたいことがある。庭に出るから一緒に来てくれ」

そう言うと、オラムとリンネが不思議そうな顔でついてきた。

俺は地面に手の平を押し当てて《地質調査》を開始する。地下五百メートルの所に源泉を発見した。

このあたりには活火山があるようには見えないが……まあ、温泉に入れるならいいか。

まずは二十メートル四方、深さ八十センチくらいのスペースを掘る。

内側と縁《ふち》には、土を圧縮して作った疑似的な石や、周囲の地中から集めた岩を敷き詰める。

そして、さっき見つけた源泉まで、土魔法で管を通すように穴をあけていき、地下の源泉を引き上げる。すると熱い源泉が地表まで昇ってきて、乳白の温泉が流れ込んできた。大体、四十度ちょっとくらいだろうか。

それなりのスピードでお湯が上がってくるので、蛇口とかをつけた方がいいかな。

排水のことはまた考える必要があるが……とりあえず、今は溢《あふ》れた分をキッチンと同じ場所に向かって流れるようにしておけばいいか。

リンネが驚いた顔をして、両手を口に当てている。

「これは……お風呂ですよね？」

「ああ、露天風呂だな。初めて見たか？」

しかし、このままでは周囲から風呂に入っているのが丸見えだ。

というわけで、家の周りの壁を高くしておき、ついでに露天風呂の周囲も簡単に壁で囲う。

「リンネ、俺は風呂へ入る。タオルを持ってきてくれるか？」

「わかりました」

リンネはお辞儀をして、庭から家の中へと入っていった。

その隙に俺はぱぱっと服を脱いで、露天風呂へと飛び込む。実に良い湯加減だ。

すると隣からザブンという音が聞こえ、顔にしぶきがかかる。そちらへ顔を向けると、オラムが露天風呂に入っていた……え!?

「ノームは温泉には目がないんだよ。とってもいい湯だね」

オラムは肩まで湯に浸かって、足を出してチャプチャプさせて楽しんでいる。

温泉が乳白色で助かった——ってそうじゃなくて。

「オラム、お前は女の子だろう。男性と一緒に風呂に入っちゃダメじゃないか」

慌てている俺を、オラムは不思議そうに首を傾《かし》げながら見る。

「エクト、何を言ってんの？　ノームの村では温泉は混浴だよ！」

なに！　そんなことが許されるのか！

オラムがいいなら俺は気にしないようにすればいい……と思うのは簡単だが、つい視線が彼女の方へと向いてしまう。

「エクト、気にしない。気にしない」

オラムはニッコリと笑って、俺の顔に温泉の湯をかけてくるので、俺もすかさず湯をかけ返した。

何だか段々と楽しくなってきたぞ。

「お二人共、すごく楽しそうですね」

突然、隣から声が聞こえたので振り返ると、リンネが俺の隣で温泉に入っていた。

透《す》けそうなほど白い肌に、きれいな鎖骨《さこつ》が浮き出ている。頬がほんのりとピンク色に染まって美しい。湯船には豊かに実った双丘が浮かんでいた……いつの間に入ったんだ？

「リンネさん、なぜ温泉に入っているのかな？」

「私はエクト様の専属メイドです。エクト様のお背中を流そうと思いまして、私も温泉には興味がありましたし」

「俺の背中なんて流さなくていいよ。リンネと一緒に温泉に入るのはさすがにマズいよ」

「オラムさんが良くて、私はダメなんですか？　それはどうしてですか？」

まさか正直にリンネを意識してしまうからとは言えないし、何と説明すればいいんだろう。俺はリンネから視線を外して、庭を見ながら狼狽《うろた》える。

オラムが無邪気《むじゃき》に俺に話しかける。

「楽しいんだから混浴でいいじゃん。エクトは考えすぎなんだよ」

「そういう問題じゃない」

俺は混乱しながら露天風呂を出ると、慌ててタオルを腰に巻いて、家の中へと逃げ込んだ。

露天風呂からは、楽しそうにはしゃぐリンネとオラムの声が聞こえてきたのだった。


一度自室に戻った俺は、着替えて家の外へ出る。すると家の前に、村長のオンジと村人達が集まっていた。

「わざわざ俺の家の前に集まって何をしてるんだ？」

「村の者達が家を建て直してほしいと集まっておりまして。エクト様を待っていたのですじゃ」

そういえば、昨日見た顔もちらほらいるな。

「あー、確かに俺の土魔法なら、平屋であれば一軒の家を十五分ぐらいで建てられると思う。でも魔力量も無限じゃないからね。一日十軒までにしてもらえるとありがたい」

「それではそのように調整させていただきますじゃ」

オンジは落ちていた木の枝を折って作ったくじを、村人達に引かせていく。悔しがっている顔、喜んでいる顔、村人達はそれぞれが一喜一憂《いっきいちゆう》している。

オンジとくじに当選した十人の村人達が俺の元へと集まってきた。

「順番は決まりましたじゃ。よろしくお願いいたしますじゃ」

「それじゃあ、当たりくじを引いた家から建て替えに行こうか」

「わしが案内いたしますじゃ」

オンジに案内されるがままに、建て替える家に向かって歩いていく。相変わらずのあばら家だ。

まずは作業の前に、必要な家具などを、先に運び出してもらう。

「それじゃあ、始めるよ」

一通り運び終えたところで、周囲の土を操って、家を押《お》し潰《つぶ》し、壊していく。

残骸《ざんがい》はほとんどが木でボロボロだが、扉なんかに使えるかもしれないので端の方に寄せておこう。

続いて、昨日と同じように地面を掘って土台を作る。土が足りなさそうなので、土魔法で生み出しつつ、柱を建て、梁を渡し、床を作り、外壁を組み込んで、屋根を作る。

そうして完成した家は、２ＬＤＫの平屋の一軒家だ。

時間にして十分強。自分の家に比べると、平屋建てだからか魔力消費は少なかった。

それから約二時間をかけて、十軒の家を建て直した。

オンジと村人達は涙を流して喜んでいる。

「領主様、ありがとうございますじゃ。大事に使っていきますじゃ」

「ありがたやー！　ありがたやー！　お礼に野菜を持って帰ってくだせー！」

「いいのか？　それなら家にいるリンネに野菜を預けてくれ」

「わかりましただ。領主様の家に野菜を持っていきますだ」

オンジと村人達は、ニコニコと笑顔で、野菜を持って、俺の家へ向かって歩いていった。

村人達に喜ばれると気持ちがいい。これからも村の家々を建て直していこう。

他に村人のためにできることはないかと考えながら、村を色々見て回っていたら、村の外周の柵の近くで、アマンダとノーラが険しい顔で何か相談しているところに出くわした。

「何を相談してるんだい？」

俺の声を聞いたアマンダが胸の前で腕を組んだまま、俺の方へ顔を向ける。

「ああ、この柵はもう限界だろうって話をしてたのさ。次に魔獣に襲われたら、間違いなく崩壊するだろうからね」

俺も直しておいた方がいいかなと思っていたが、冒険者である二人も同じ見立てなら、そうした方がいいだろうな。

「ここは俺に任せてよ。外壁を土魔法で作っちゃうから」

俺がそう言うと、二人は不思議そうな顔で見てくる。

まずは土魔法で周辺の土を集めてから、その土を軽く圧縮して、柵の外側に高さ五メートル、厚さ二メートルの壁を作っていく。足りない分は土魔法で生み出しても良いが、外壁のすぐ外側の土を使い、堀代わりにする。

これだけの分厚さなら普通の魔獣には破れないし、この高さを登れる魔獣もそうそういないだろう。

アマンダとノーラは口を開けたまま、俺が外壁を作っていくのを呆然《ぼうぜん》と眺めていた。

「土魔法というのはすごいんだな。家も建てられるし、外壁も作れるのか」

「まあ、俺の魔力量が多いからってのもあるけどな」

出会った当初は、土魔法士だからと俺を見下していたアマンダも、感心したような声をあげている。

実際のところ、ここまでできる土魔法士はそういないと思う。

それから三時間かけて、ボーダ村全体の外壁を築いた。

魔力を相当使ったこともあって、さすがに疲れた。額から汗が滴《したた》り落《お》ちる。

アマンダとノーラはといえば、強度を測るためか外壁を叩き、すぐに笑みを浮かべていた。気に入ってもらえたらしい。

そして村人達も、いつの間にか現れた外壁に驚いているようだった。

あとは村の表と裏にある門を作ればいいだけだが……開閉する機能なんかを、上手く土で作れる気がしないんだよな。

木の門でもいいが、理想を言えば、頑丈な鉄の門にしたい。鉄の鉱石さえあればいいが、ボーダ村にあるんだろうか。

ぽっかりと空いた表門のあった場所で悩んでいると、アマンダが俺に声をかけてくる。

「エクト、何を考えているんだ？　難しいことなのか？」

「いや、表と裏の門に鉄を使いたいんだけど、鉄の鉱石がボーダ村にあるかわからないし、そもそも鍛冶師がいるかもわからなくてな」

俺の答えに、ノーラが珍《めずら》しく声を出した。

「それなら村長のオンジに聞いてみるだ。きっと、オンジなら知ってるだよ」

ノーラの意見を聞いて、アマンダも深く頷く。

俺はアマンダとノーラと別れ、さっそくオンジの家に向かうことにした。

俺の家の近く……というか、村の中心近くにある家を訪れると、オンジは既に戻っていた。

「これは領主様、どうかされましたかのう？」

「ちょっと相談があってね。この近くで鉄の鉱石を見つけることはできるか？　それと、村に鍛冶師はいるのかな？」

「未開発の森林へ入った所に、少しなら鉄鉱石が採れる場所がありますじゃ。それと鍛冶師もおりますが、今から案内しましょうかのう？」

「それは助かる。是非、鍛冶師を紹介してほしい」

頷いて家を出たオンジについていくと、しっかりした煙突のある、工房らしき建物が見えてきた。この村には珍しく、頑丈な作りの家だ。オンジが鍛冶師の家の扉を開ける。

「バーキン、おるか？　領主様を連れてきたぞ。出てきて挨拶をせんか」

その声に、家の奥の方にあるらしき工房から、顔中を煤《すす》だらけにした少年が出てきた。

汚れた手を前掛けで拭《ぬぐ》って、俺の前へと歩いてくる。

「おいらの名前はバーキン。ボーダ村の鍛冶師だよ。よろしく」

俺とそう変わらないくらいの年に見えるが……

「俺はエクトだ、よろしく。バーキンは一人で鍛冶師をしているのか？　ご両親はいないのか？」

「父ちゃんと母ちゃんは、鉄鉱石を採りに行って、魔獣に襲われて亡くなった。でも俺は父ちゃんから鍛冶を教わっていたから腕はいいよ。父ちゃんの鍛冶はここらで一番だったから」

なるほど、バーキンは両親を亡くしているのに、意思を受け継いで頑張って鍛冶師を続けているのか。立派な少年のようだな。

「そうか。実は今日は、バーキンに頼みがあって来たんだ。村の門を鉄製にしたいと思っていてね。頑丈なやつを作って貰えないか？」

俺の言葉を聞いたバーキンは、難しい顔をして工房の方を振り向く。

どうしたんだろうか？

「なにか問題でもありそうなのか？　できることがあれば言ってくれ」

「えっと……まず、全部鉄製ってのは、今ある鉄鉱石の量的に難しいと思う。それと、基本は木製で、鉄でしっかり補強した方が、重すぎなくて使いやすいと思うんだ。ただ、丁度今、精錬した鉄が少なくて。精錬さえしちゃえば、あとは上手く作るだけなんだけど、その精錬にすごく時間がかかるんだ」

精錬って確か、不純物とかを取り除く作業だっけ？　もしかすると、俺の土魔法なら何とかなるかもしれないな。

「なるほど……ちょっと思いついたことがあるんだけど、工房に入っていいか？」

バーキンは少し困った顔をして考えていたが、すぐに頷いて鍛冶工房に俺を招き入れる。

鍛冶工房の中には大量の鉄鉱石が、運び込まれたまま山積みになっていた。バーキンは黙ってそれを指差した。

「けっこうあるんだな……精錬したものはあるのか？」

俺の言葉に、バーキンはインゴットの形をした鉄の塊を持ってくる。

鍛冶に使うための鉄は、確か純粋な鉄ではなく、ある程度の不純物があることで硬さを保っていると聞いたことがある。

俺は片手に鉄のインゴットを、もう片方の手に鉄鉱石を持ち、魔力を浸透させて、成分の違いを見られないか試してみた。

鉱石だって石の一種、つまりは土に属するものなので、土魔法で操れるはずだ。

加えて俺には、日本で培《つちか》った元素という概念がある。

要するに、インゴットの成分を分析して、それと同じになるように鉄鉱石の中の元素を操作すれば……できた！

鉄鉱石はその大きさを半分ほどにして、インゴットと同じ輝きを手に入れていた。不要な成分は、砂となって地面に零れている。

そういえば、鉄鉱石に含まれている鉄の量は半分より多いくらいって話だっけ。

「これで精錬できたよ。積んである鉄鉱石は全部精錬しておくから、あとは鍛冶師のバーキンに任せるよ。良い門を作ってくれ。出来上がったら、俺の家まで知らせてほしい」

バーキンは鉄のインゴットを手に持って、目を輝かせている。

「今のはいったい……いえ、聞かないでおくよ。これなら面倒な作業をしなくても済む。注文通りボーダ村の表門と裏門を作ったら知らせるようにする。ありがとう！」

オンジは目を丸くしていたが、バーキンが何も言わなかったためか、口を閉じたままだった。

家に帰ると、リンネが玄関でお辞儀をして迎えてくれた。

いつの間にやら、メイド服姿になっている。

「お帰りなさいませ、エクト様」

「ここはリンネの家でもある。俺とは奴隷契約していないんだから、もっとリンネは自由にしていていいんだよ」

「そう言われても、何をしていいかわからないので、どうかメイドでいさせてください。エクト様のお傍でお世話をしたいのです」

うーん、元々アルベドのところではメイドだったんだよな？　その癖《くせ》が抜けないのか。

「そうは言うけどさ、エクト様はやめようよ。せめてエクトさんにしてくれ」

「エクト様はエクト様です。末永くよろしくお願いいたします」

「……そっか、わかったよ」

それがリンネの本心なら仕方ない。リンネの好きなようにさせてやろう。

「家を建て替えた村人達から、たくさんの野菜をいただいています。ありがたいことです」

「そういえばそうだっけ、今日の夕食は野菜を使おうか。使いきれない分は地下室に保管しておこう。とりあえず必要な分だけ分けといてくれれば、俺が地下に運んでおくよ」

「わかりました」

リンネは頭を下げて去っていった。まだ態度が硬いんだよなー。もっと楽にしてくれた方が、俺もやりやすいんだけどなー。

野菜を運び終え、厨房へ行くと、丁度リンネが料理を始めようとするところだった。

「今日の夕飯はオーク肉のハンバーグと野菜サラダと野菜スープです」

昨日のオーク肉を使うのか。元の見た目はあれだけど、豚肉みたいで美味いんだよな。ずっとこの世界にいるせいか、オーク肉については食べるのに慣れてしまった。

「ありがたくいただくよ。食事の用意ができたら、一緒に食べよう」

「はい。そうしましょう。料理ができたら、お声をかけます」

リンネが料理を作っている間は暇なので、一階のリビングの窓から、庭にある露天風呂までの間に石畳《いしだたみ》を敷いて、露天風呂の横に簡易的な脱衣所を作った。

これで外で素っ裸にならなくて済むし、部屋に戻るのも楽になるだろう。

とはいえ、これもあっという間に終わってしまったので、このまま風呂に入ろうかな。

そう思って、リビングから厨房に向かって声をかける。

「リンネ、俺は汗かいてるから、露天風呂に入ってくるよ」

「エクト様、お背中をお流しいたします」

ドタバタとリンネが厨房から走ってくる音を背に、俺は足早に脱衣所へ逃げ込むのだった。

バーキンに依頼してから一週間ほど経って、立派な門が完成した。

基礎は木製だが、鉄によってかなりしっかり補強された、重厚な門だ。

これで村も安心だな……と思っていたところ、『進撃の翼』の五人が、バーキンに武器や防具の整備をしてもらいたいと言い始めた。

確かに領都グレンデを出発して以来、何も整備できていない。冒険者にとって武器と防具は大切な商売道具、全くメンテナンスできていないのは歯がゆいのだろう。

特にアマンダの両手剣は、オークとの戦いで刃こぼれしたようだった。ノーラの大楯も凹んでいて、整備が必要な状態だ。

俺は『進撃の翼』の五人を連れて、バーキンの鍛冶工房へと向かった。

「バーキンいるかい？　今日はお客を連れてきたよ」

バーキンが鍛冶工房から出てくると、その姿を見たアマンダが不安そうな顔をする。

「まだ少年じゃないか。大丈夫なのか？」

「だが腕はしっかりしている、門を見たからわかるだろう？」

俺の言葉を聞いて、アマンダは口を閉じる。そんな彼女達に、バーキンはぺこりと頭を下げた。

「鍛冶師のバーキンです。一生懸命頑張りますので、よろしくお願いします」

「バーキン、彼女達は『進撃の翼』という冒険者パーティを組んでるんだ。冒険者にとって武器と防具は命と金の次に大切なもの、その整備を頼みたい。支払いは俺がするから、見積もりができたら教えてくれ」

支払いは俺がすると言ったことで、アマンダが険しい顔をする。

「これは私達の武器だよ。なんでエクトが払うんだい」

「先行投資みたいなもんだよ。武器を整備した後、森林の魔獣を倒してくれ。そうすればボーダ村も安心だからな」

「……そういうことならわかった。ありがたく、支払ってもらおう」

アマンダが納得すると、『進撃の翼』の五人は装備している武器を、テーブルの上に置く。

バーキンは丁寧にそれらを確認して、力強く頷いた。

「皆さん、良い武器を使っていますね。やりがいのある仕事です。是非、やらせてください」

とりあえず数日はかかるということで、その日は俺達は、各々《おのおの》の家に戻るのだった。

第3話　ボーダ村の発展

俺達がボーダ村に到着してから、約二週間。

その間、俺は村人達の家々を、区画整理をしつつ建て替え続け、どの家でも俺の家と同じ水源を使えるようにした。今までは井戸や近くの小川から水を汲んできていたそうで、とても便利になったと喜ばれた。

喜んだ村人達が、決して多くない収穫《しゅうかく》の中から、お礼と言って野菜や小麦を持ってきてくれるので、我が家の地下倉庫はパンパンだ。これは折を見て、村人に振る舞わないとな。

『進撃の翼』の五人も、バーキンのところから武器が戻ってきて上機嫌だ。

そんな今日は、『進撃の翼』の五人とオンジと共に、村近くの未開発の森林を歩いている。

三十分ほど進んだ所に、皆が水を汲みに来るという小川があると聞いたからだ。

人が通るためかそれなりに均された道をしばらく歩くと、川幅が五メートル、深さ二メートルほどの、きれいに澄んだ小川が見えてきた。

「この小川の水は美味しくてのう。少し大変じゃが、皆ここまで汲みに来るんじゃよ」

そう言って、オンジが手に小川の水をすくい、美味しそうにゴクゴクと飲む。

周囲の地形を感知する魔法、《地形探査》を使って調べてみると、今いる位置はボーダ村より標高が高いが、川沿いに数キロ下流に向けて歩けば、村より標高が低くなっている。

これなら、俺が思っていた通りのことができるかもしれないな。

俺が笑みを浮かべていると、アマンダがそれを見てボソリと呟く。

「今度は何をしようっていうんだい？　だいぶ慣れてきたし、何をされても驚きはしねーけどさ」

「この小川の水を、下水道の代わりに村の中へ引き込もうと思ってるんだ。村の地下にこの川から水を引いて、最終的には下流の方に合流させたいんだよ」

「どういう意味だ？　わけがわからないぞ」

アマンダが首を傾げる。

領都グレンデには、地下に下水道が完備されていたはずなんだけど……まあ、興味がなければ「そういうもの」として仕組みを調べたりはしないか。

「わからないなら一緒に来てよ。オンジは先に村に戻っていいからね」

「わかりましたじゃ。それではわしは先に村に帰っておきますじゃ」

オンジは丁寧にお辞儀をして村へと戻っていった。

俺は彼を見送ると、まずは村側の川岸に、直径一メートルほどの穴を掘り始めた。掘ると言っても、そこにあった土を周囲に押し付けるようにして動かし、圧縮して壁の強度を上げる手法だ。

ある程度の深さになったら、そこから村の方向へ、同じく直径一メートルほどの穴を、やや下向きに掘っていく。

最終的には、村の地下五メートルくらいの深さに、この水路を通す予定だ。

この穴のサイズだとノーラは入れないので、入口の見張りを頼み、俺を先頭に、アマンダ達四人がついてくる形になる。

掘り進めていくにつれて、だんだん暗くなってきたので、炎魔法士のドリーンに明かりを灯してもらいながら、黙々と作業を進める。

わき道に逸《そ》れないように《地形探査》をこまめに行いながら、またしても三十分ほどで、村の真下に到着した。

さて、ここからが大変だ。

まずは村の下を通るメイン通路は、直径二メートルほどになるように拡張する。それからいったん《地形探査》を発動し、村を抜けた後、どの方向に掘ればいいのかを確認した。

掘り進めて村を抜けたところで、たくさんある家の真下に到達するように、ここまで掘ってきた穴の各所から、わき道を作っていく。この時、地下水を汲み上げる管にぶつからないようにするのが大変だった。

そうしてわき道が各家の下まで来たら、最後にトイレと厨房の排水溝を、その穴に繋げれば完成だ。

……が、集中していたせいで、排水溝の中に汚水《おすい》がたまっていることをすっかり失念していた。

咄嗟《とっさ》に穴を塞《ふさ》いだが、メインの通路内まで多少落ちてきているし、空気を取るために隙間を空けているため、臭いはどうしても漂《ただよ》ってくる。

しまったな、これは最後に地上からやるべきだったか。

「こ、これは……」

アマンダ達四人は悪臭にやられて、目を回している。

俺は内心申し訳ないと思いつつ、皆に声をかけて元気付ける。

「あともう少しだから、頑張って」

そのまま、さっき以上のスピードで、川の近くまで一気に掘り進める。

一度地上に出てから、穴を川に繋げて進入禁止の柵をつければ、こちらでの仕事は完了。

あとは上流を目指して川沿いを進み、一時間ほどでノーラと合流した。

「み、皆、どうしただ⁉」

ノーラは俺達を見るなり、目をまん丸にした。

それもそうだろう、俺達五人全員が、全身泥だらけのボロボロだったのだから。

何があったのか、アマンダが疲れ切った表情で説明している間、俺は穴の入口に川の水が流れ込むように土を動かし、こちらにも進入禁止用の柵を設置した。

水はなかなかの勢いで、穴へと流れ込んでいく。

小川の水位は少し下がった気もするが、まあ、そこまで問題ないだろう。

満足げにする俺に、アマンダが呆《あき》れ気味に問いかけてくる。

「この地下道で何が変わったというんだい？」

「まだ各家の調整は必要だけど、簡易的な下水道がほぼ完成したよ。これでトイレのタンクを汲み出したり、料理の後の汚水の臭いに悩んだりする必要はなくなったんだ」

臭いが逆流しない仕組みも必要だが、今の村の規模なら、これでも十分だろう。

しかし、アマンダは納得できないといったように声をあげる。

「村人達はそれで喜ぶかもしれねーが、私達は全然嬉《うれ》しくねー！　あんな臭い思いして、全身ドロドロじゃねーか！」

確かに、アマンダの言う通りだ。早く完成させようと気が逸《はや》って、すっかり失念していた。

「そ、それもそうだな。とりあえずは小川で衣服の汚れを取ろう。そして村へ帰ったら、俺の家の露天風呂に浸かろう」

俺がそう言うなり、アマンダ達は顔を輝かせて小川に入っていった。

今は春だというのに、小川の水はまだ冷たく、長く浸かっていると体が冷えそうだ。

小川の水で衣服はグッショリと濡《ぬ》れてしまったが、汚れと悪臭は取れたので、俺達は足早に村へと帰った。

まっすぐに俺の家へと戻ると、俺達の気配に気付いたリンネが出迎えてくれたが、すぐにその目を丸くする。

「皆さん、いったいどうされたんですか？　私はタオルを持って参りますので、早くお風呂に入ってください」

そう言い残すと、慌ててリンネは廊下を走っていった。そして自分の足先を踏んだのか、見事に転んだ。リンネも意外とドジな面もあるんだな。

さて、どうするか。まさか『進撃の翼』の五人と一緒に露天風呂に入るわけにはいかないし。

「皆が先に露天風呂へ入ってくれ。俺はぱっと着替えられるし、後でゆっくりと入るよ」

俺はそう言って部屋に向かおうとしたのだが、ノーラがいきなり俺の体を担ぎ上げ、アマンダがニヤリと笑う。

「これは非常事態だ。後から入っていたのでは風邪を引くぞ……ノーラ、エクトを連れていけ。露天風呂は皆で一緒に入った方が楽しいしな」

「なっ、ここの露天風呂は混浴じゃないぞー！　男女別々だー！」

暴れる俺を平然と担ぎ上げたまま、ノーラは脱衣所へ入っていく。

そしてそのまま俺は、オラムとアマンダによって強引に衣服を脱がされ、風呂に投げ込まれた。

溺《おぼ》れそうになって咄嗟に顔を上げると、アマンダの豊満で形の良い双丘とスタイルの良い腰から臀部へのラインが目に映った。

慌てて土壁の方を向いて、アマンダを見ないようにして露天風呂に浸かる。

そんな俺の隣で、オラムが足をチャプチャプさせて笑っていた。

「あー、温まる。エクトはいいね、毎日露天風呂に入れてさ。僕達なんて、毎日濡れたタオルで体を拭《ふ》くだけだよ」

「エクトばっかりずるいぞ。自分の家にだけ、こんな露天風呂があるなんて。私達の家にも露天風呂を作ってくれてもいいではないか」

アマンダが責めるようにそう言ってくる。そういえば、皆の家には露天風呂を作っていなかったな。

すると、ドリーンが珍しく口を開いた。

「エクト、私達の家にも露天風呂がほしい」

セファーもノーラも、何も言わないが熱い視線を向けてきている。

「わかった。といっても、他の村人達も風呂には入りたいだろうから、誰でも気安く入れる公衆浴場を作ろう。それならいいだろう」

「ああ、風呂に入れるのなら文句は言わない。ありがとう、エクト」

アマンダはそう言って俺の隣にやってくると、豊満な双丘を俺の腕に押し当ててきた。

「アマンダ、そんなにエクト様に近寄ってはダメです。エクト様に近寄っていいのは、専属メイドの私だけです」

不意にそんな声が聞こえてきたかと思うと、いつの間にか露天風呂に入ってきていたリンネがアマンダと俺の間に体を割り込ませた。

アマンダが不満顔で、リンネに抗議する。

「エクトと私の仲だ。これぐらいのスキンシップはいいだろう」

「ダメです。エクト様が緊張されて、ゆっくりと疲れを取ることができません」

いや、リンネ。俺以外の全員が女子という時点で、俺が露天風呂でゆっくりと休むことなんてできないんだけどな。

「よ、よし！　作ると決まったらさっそく準備しよう！　俺は先に上がってるからな！」

俺はそう言い残し、そそくさと風呂から上がったのだった。


「それじゃあ、公衆浴場を作りに村へ出ようか」

「「「「おう！」」」」

全員が風呂から上がったところで、俺と『進撃の翼』の五人は家を出た。リンネはお留守番だ。

建て替えの時の区画整理で、村人達の家はある程度固めて配置することになっていた。

領主である俺と、よく一緒に行動する『進撃の翼』の家は、その区画から少し離れており、周囲は広々としている。

今後、必要な施設が出てきたら使おうと思っていたスペースだが、さっそく役に立つようだ。

とはいえ、どのあたりに建てようかと考えていると、アマンダが上目づかいで俺を見てきた。

「実はね、私は風呂が大好きなのさ。できれば公衆浴場は、私達の家の近くに作ってくれないか」

アマンダが風呂好きとは知らなかった。女子って風呂好きが多いよな。

まあ、元々近くに建てる予定ではあったので、村人の住む区画と俺達の住む区画の中間あたりに、広い敷地を使って建てることにした。

基本的には、俺の家の露天風呂と作り方は同じだが、こちらは男湯と女湯を別々に作るため、同じ作業を二回行うことになる。

さらに、洗い場となるスペースや脱衣所は広めに作って、屋根もしっかりつけることにした。もちろん排水は、作ったばかりの下水道に流れ込むようにしてある。

いつもの家を作る要領でざっと建物を作り、脱衣所の棚などは、オラムに任せる。

最後の内装は、村の職人に頼んで仕上げていけばいいだろう。

全てが出来上がると、アマンダが腰に手を当てて、公衆浴場を指差した。

「私達が一番乗りだ。皆、いくぞ！」

『進撃の翼』の五人は嬉しそうに公衆浴場の中へと入っていった。

さっきも入ったばかりだよな？　そんなに風呂好きだったのか。

この村ではもはやよくあることではあるが、急に建物が出来上がったということで、村人達が何事かと集まってきた。

そんな彼らに公衆浴場を作ったと伝えると、全員が喜びの声をあげ、あっという間に行列ができてしまった。

お湯を贅沢《ぜいたく》に使う風呂なんて、村人からすれば遠い噂話でしか聞いたことがなく、今までは皆濡れたタオルで体を拭いていていたらしい。

こんなに皆が喜んでくれるなら、公衆浴場を作って良かったな。

翌朝、目覚めた俺の目の前にあったのは、リンネの顔のどアップだった。

「お、おはよう、リンネ」

「おはようございます、エクト様」

「えっと……近くない？」

「すみません、朝食ができたので起こしに来たのですが、寝顔が気になってしまって……」

えっと、それっていい意味でだよな？

「それから、朝からオンジさんが来られて、エクト様にお会いしたい用件があると仰《おっしゃ》っていました。時間のある時に顔を出してほしいそうです」

ふむ、いったいなんの用だろうか。朝食をとったら向かうことにするか。

リンネと二人で朝食を食べて、服を着替えて家を出る準備をしていたのだが、今日は珍しく、リンネもついてくるらしい。いつもなら家事を優先させるのに珍しいな。

「今日は私も一緒に参ります。少しでもエクト様のお役に立ちたいですから」

「それじゃあ、オンジの家まで一緒に行こう」

そんな話をしながら家を出たところで、『進撃の翼』の五人と出会った。全員が武装している。

と、アマンダがこちらに気が付き話しかけてくる。

「今日は二人で外出なんて珍しいじゃないか？」

「オンジに呼ばれてね。アマンダ達こそ、武装をしてどこへ行くんだい？」

「オーク肉が底をついたんでね。新しい肉を狩ってこないと、肉が食えないのさ。村の狩人達も出ていったから、私達も協力しようと思ってね」

「それはありがたい。期待して待ってるよ」

アマンダはニヤリと笑って大きく手を振る。『進撃の翼』の五人は、未開発の森林へと続く裏門へと歩いていった。

そのままオンジの家に行くと、オンジが正座をして俺達を出迎えてくれた。

「ようこそ、お越しくださいましたじゃ。どうぞ、おあがりください」

オンジの家には椅子もソファーもない。皆、床に座って生活している。俺達もオンジにならって床に座った。

「今日はどんな用事なんだ？」

「まずは、今年の税の徴収を免除してくださり、ありがとうございます」

このボーダ村に来てから、家を建て替えたり外壁を作ったり、水道を整備したりと色々やったが、村全体の生活水準は依然低いままだ。

今まで通りの徴税をしていては、じきに立ち行かなくなると危惧《きぐ》した俺は、今年の税の徴収を取りやめることを村人達に宣言していた。

「村が大変な時に税を徴収するなんてできないよ。まずは村を発展させる方が先だからね」

「ありがとうございます。そこで、エクト様にお願いがありますじゃ」

オンジはすがるような目で俺に訴えかけてくる。

「この村の農耕地の件ですじゃ。畑の土が悪いのか、毎年のことですが、作物の実りが悪いのですじゃ。農民達も困っておりましてのう」

そういえば、まだこの村の畑を視察していなかったな。少し順番を間違えたかもしれない。

「ボーダ村には、どれぐらいの農民がいるんだい？」

「一定以上の働き手としてカウントできるのは、約百二十名ほどですじゃ。女子供を含めると、もっと増えますすじゃ」

「農耕地が豊かになれば、この村の農作物の収穫も増えて、税を納めることに問題がなくなり、そもそも村人達が飢《う》えることもなくなる、ということかな」

「そうですじゃ。エクト様の土魔法のお力でなんとかなりませんかのう？」

土魔法では『畑に向いた土』そのものを生み出せるわけではないので難しいかと思ったが、代替案を閃《ひらめ》いた。

「まずは畑を見せてほしい。実際に見てみないとわからないからね」

「それならわしが案内をいたしますじゃ。リンネさんはどうされますかのう？」

「私も畑に行ってみたいです。村人の皆さんとも仲良くなりたいですし」

リンネは家の中でばかり働いているもんな。村人達とも仲良くなれれば、行動範囲も広がるだろう。

オンジに案内されて、俺とリンネは農民達が働いている畑へ向かう。

しかし案内された畑は荒れていて、素人目《しろうとめ》でも、土の栄養分が足りていないように見えた。

俺はさっそく、両手の平を地面につけて、《地質調査》をする。

するとやはり、この畑は栄養分が全くなく、枯《か》れてしまっているようだった。この畑をいくら耕しても、良い作物が実ることはないだろう。

となると、さっき思いついた案——どこかから栄養豊富な土を持ってきて、畑の土をまるっと入れ替える作戦しかないな。

俺はオンジに何を考えているか伝えると、作業している農民を集めてもらう。

「この畑の土地は栄養分が枯れているそうじゃ。このまま耕していても実りは増えん。そこで、これからエクト様が土魔法を使って、土を入れ替えてくださるとのことじゃ。それまで少しの間、畑を出て休憩をしておくのじゃ」

オンジがそう告げると、農民達は疑問と不安が混ざったような表情を浮かべるが、素直に従ってくれる。

さて、問題の栄養豊富な土だが、実は既に目処《めど》はついている。

「誰か、村の裏門までついてきてくれないか。門を開けてほしいんだが」

そう、今回使うのは、村の裏門から出た先にある、森林の土だ。

一歩奥に足を踏み入れれば、足元が見えないほどに植物が生い茂る森林。であればその土も、栄養があると考えていいだろう。

というわけで、まずは土魔法で操りながら、森林の土を持ってきて、今ある畑の土に混ぜる。

「領主様、今までも裏の森林の土を混ぜたことはありますが、少し良くなっても、劇的に良くなることはありませんでした」

俺の行動を見て、一人の農民がそう言ってくる。

だが、もちろんこれだけでは終わらない。

土魔法の一つに、《土壌改良《どじょうかいりょう》》というものがある。読んで字のごとく、魔力を与えて土壌を改良するものだが、対象の土壌の栄養分が一定量以上でなければ、発動しないのだ。まあ、そうでないとただの土を肥沃《ひよく》な土壌に変えてしまうことになるしな。

つまり、俺が今やろうとしているのは、森林の土を混ぜることで、畑の土に《土壌改良》ができるだけの栄養分を与えることだ。

これで準備は完了したので、俺は地面に手を当て、《土壌改良》を発動する。

見た目ではそこまで変わったようには見えないが、これで肥沃な土になったはずだ。

「これで土の入れ替えは終わったよ」

俺がそう言えば、農民達は半信半疑の表情で畑に入っていく。

しかし、農家だからこそ違いがわかるのか、土に触れると目を見開いていた。

「これは……とても良い土です！」

「これなら今まで以上に野菜を作れるぞ！」

農民達が喜ぶ姿を見て、オンジは俺に深々と頭を下げる。

「ありがとうございます、エクト様」

「頭を下げるのはよしてくれ。作物が実ってくれないと、税の徴収もできないんだから。自分のためにしたようなもんだし」

「それでもありがとうございますじゃ。今まで荒れた畑とわかっていても、何もできずにいましたですじゃ。エクト様のお力で見事に畑は生き返りましたじゃ」

ここまで言われると、ちょっと恥ずかしいな。

「さて、それじゃあお願いってのは、これで終わりか？」

俺がそう尋ねれば、オンジはまだ何か言いたそうにしている。

「ん？　他になにかあるのか？」

「……はい。このボーダ村には四十名ほどの狩人がいますじゃ。いつも森林に入っているのですが、普通の動物や弱い魔獣は狩れても、Dランク以上の魔獣に遭遇すると、逃げることしかできませんじゃ」

未開発の森林は魔獣が多いからな。それを避けての狩りは難しいというわけか。

「魔獣を狩れるぐらい、狩人達を強くしてもらいたいですじゃ。そうすれば、魔獣の肉も手に入り、食卓に肉が並びやすくなりますからのう」

「なるほど……これはちょっと、俺一人では手に余る内容だな。アマンダ達に相談する必要があるかもしれない」

しかし、アマンダ達はあくまでも冒険者、タダでは働くことはないだろう。となると、こちらで報酬を用意する必要があるが、金も無限ではないしな……

俺が悩んでいると、リンネが小さく手を上げた。

「エクト様、狩人が倒した魔獣の魔石を『進撃の翼』に渡すということにすれば、彼女達の協力を得られるのではないでしょうか？」

確かに魔獣の魔石は換金すれば金になる。現時点で、狩人は魔石を必要としていないし、これならアマンダ達に損はないだろう。しかも、優秀な狩人を育てれば、それだけ得をすることになる。

これなら話に乗ってくれるんじゃないか？

「わかった。この件については、『進撃の翼』の五人と相談して決めることにしよう。他に用件はないか？」

「私の方からはそれだけでございますじゃ」

オンジが満足そうに頷くが、一方でリンネが遠慮《えんりょ》がちに手を上げる。

「ボーダ村の人口や、どれだけ作物の備蓄があるのか、他にも色々と調査しなければいけない内容があります。私は今からオンジさんと話しますので、エクト様は先に家に戻っていてください」

「そういう話なら、俺も聞いておいた方がいいだろう」

「後で報告書にまとめて提出いたします。エクト様は報告書をご覧になられるだけでいいです。これはメイドの——私の仕事です。私にやらせてください」

メイドの仕事ではないような気がするんだけど、リンネがやる気を出しているからいいか。俺は後から報告書を読ませてもらおう。

オンジとリンネは俺に頭を下げると、オンジの家の方向へと歩いていった。

残された俺はやることもないので、自分の家へと戻ることにしたのだった。

第4話　意外な鬼教官と、懐かしい再会

『進撃の翼』の五人がボーダ村へ戻ってきたのは、それから三日後のことだった。

オーク三体とグレイトボア一体の死体を持ち帰ってきたらしく、その報を聞きつけた俺とリンネが家を出ると、丁度戻ってきていた五人と出くわした。

アマンダ、ノーラ、オラム、セファー、ドリーン、全員の顔が晴れやかだ。自然と俺の表情も緩む。

「オーク三体とグレイトボア一体とは大成果じゃないか。これで村も肉に困らずに済む。本当に助かるよ」

「おいおい、タダで肉は渡せないぜ。一体につき金貨一枚でどうだ？」

「いいだろう。全部で金貨四枚だな」

俺はアマンダの言葉に、ポケットの中から革袋を取り出して、金貨四枚を渡す。

「毎度あり！」

「肉は解体して、俺の家の地下室に保管しておいてくれ」

「わかった。そうしておくよ」

これで明日から肉を食べられると思うと、自然と顔が綻《ほころ》ぶ。

と、俺はふと思い出して、アマンダの袖《そで》を引っ張って足を止めさせる。

「帰ってきてすぐに悪いんだが、相談に乗ってもらいたいことがあるんだ」

「わかった。それじゃあ、エクトの家の露天風呂に入らせてくれ。話はその後でいいか？」

「ああ、それで問題ないよ」

アマンダ達は、自分達の家の庭で肉の解体を終えると、俺の家の地下に運び込み、そのまま露天風呂へと向かっていった。

それから一時間ほど経って、アマンダ達はリビングに戻ってきた。全員、肌がほのかにピンク色に染まっていて艶《なま》めかしい。思わず視線を外す。

彼女達の前にリンネが紅茶を運んでくると、アマンダは一口飲み、俺に目を向ける。

「それで、相談というのは何だ？」

「この村の狩人のことだ。アマンダから見て、彼らはどう見える？」

「一度森の中で見たけど、ものすごく弱い。魔獣と遭遇したら逃げるしかないね」

「なるほど、やはりそうなのか。オンジから狩人を訓練してほしいと依頼されたんだが……」

「報酬次第だね、私達はタダ働きはしない主義なんだ」

やはり、そう言うよな。まあ、次の手は考えてある。

「そこで相談なんだが、もし訓練して狩人達が強くなって、魔獣を倒せるようになったら、その魔石を『進撃の翼』に渡すってのはどうだ？」

「……それは本当か？」

「ああ。この村では現状、魔石を集めてもあまり意味がないからな。その代わり、肉や素材なんかは村でもすぐに必要なものだから、譲ってもらう……この条件ならどうだ？」

アマンダは難しい顔をして、隣に座っているノーラとドリーンに視線を送る。オラムとセファーも悩んでいるようだ。

アマンダ達にとって美味しい話には違いない。いずれ他の街などに行った時に、大量に換金できるだろうからな。

あとはどのように狩人達を訓練するか、悩んでいるのだろう。

すると、狩人達の報告書を持ったリンネがやってきて、それを机の上に広げる。

狩人の人数は、正確には四十五人。十代の後半から三十代の男性ばかりで、それなりに体格も良いし、体力もあると書かれている。

どうやら主に弓矢で狩りをしているようだが、ある程度剣や槍《やり》も鍛えた方が良いだろうな。

その情報を見たセファーがニッコリと笑って、小さく手を上げた。

「私達のパーティで、弓矢が上手いのは私だわ。それに私は剣も槍も使える中衛よ。私が狩人達の訓練に付き合ってあげてもいいわよ」

思わぬところから声があがったな。セファーなら温厚だし、教官として適任かもしれない。

なぜかアマンダ達は怯《おび》えたように体を震わせているが、どうしたんだろう。

「セファーが狩人達の訓練をしている間、中衛は僕一人で頑張るからね。後衛も、それにドリーンに頑張ってもらえばいいだけだし」

オラムはそう言って、ニコニコと微笑む。

「そうか？　なら――」

俺がそこまで言ったところで、顔を引きつらせたアマンダが突然ソファーから立ち上がって、座っている俺を担ぎ上げた。

「何をするんだ、アマンダ？」

「露天風呂へ入りたくなった。エクトも一緒に付き合え」

「はあ!?　さっき入ったばかりだろ!?」

アマンダは俺を肩に担いだまま、脱衣所の中へと入っていく。

「二人だけでは危険です。私も一緒に入ります」

追いかけてきたリンネも脱衣所に入ってきた。

俺は逃げ回るが、結局アマンダに捕まり、仕方なく三人で露天風呂へ入ることになった。

隣のアマンダとリンネを見ないようにしながら、俺はアマンダに尋ねる。

「で、何なんだ？」

「……セファーに狩人達の訓練を任せるのはやめた方が良い。お前はセファーの何を知っている？」

そう言われてみれば、そんなに深く知っているわけではないが……

「エメラルドグリーンのロングの髪がきれいなハーフエルフ。気立てが良くて、上品で、優しい美少女だと思っているけど」

しかしアマンダは、何もわかっていないという風に首を横に大きく振る。

「確かにセファーは美少女のハーフエルフだ。性格もいい。ただ厳格すぎるんだ。それも潔癖《けっぺき》なほどにな。私達の中では陰のボスと呼ばれているんだぞ」

陰のボスとは大げさだな。アマンダが少し怯えた顔をしているのが珍しい。

「一度決められたルールを守らない者には、《風刃》が飛んでくる。容赦《ようしゃ》なくだ」

「村の狩人達には、そこまで厳しくしないんじゃないか？」

「それは甘い。大甘だ。セファーの訓練は地獄だと思うぞ。その代わり最強の狩人達が誕生すると思うがな」

なんだろう、随分と大袈裟に思えてしまう。

「セファーが立候補してくれたんだ。せっかくの厚意を無下にはできないよ。それに立派な狩人になるならいいじゃないか」

「……わかった。だが何が起こっても私の責任じゃないからな。それだけは覚えておいてくれよ」

アマンダがそう言って、俺の腕に自分の腕を絡ませてくる。上腕にあたる柔らかい弾力が気持ちいい。

「二人共、近寄りすぎです。もっと離れてください」

リンネが顔を真っ赤にして、俺とアマンダの間に体を割り込ませる。

……アマンダのやつ、理由をつけて俺にくっつきたかっただけじゃないのか？

次の日からセファーによる狩人達への訓練が始まった。

狩人全員が広場に集められ、セファーを前にして鼻の下を伸ばしている。

「今日からお前達の教官を務める、セファー・アルセウスだ。これからは私のことをマムと呼ぶように。これから三ヵ月間の集中訓練を行う。落ちこぼれには、それなりの罰を与えるから、そのつもりでいろ。返事はイエスだ、わかったか」

「「「「イ、イエス、マム！」」」」

なんだか、セファーの様子がいつもと違う。段々と俺の中で不安が増してきた。

「これから村の外周を十周走ってもらう。もちろん全力疾走《ぜんりょくしっそう》だ。ビリになった者は私の《風刃》に襲われることになる。怪我をしたくなかったら覚悟して走れ。それでは行け」

「「「「イエス、マム！」」」」

セファーの目が本気だったからだろう、狩人達は村の表門を出ると、必死の形相で外壁に沿って走っていく。

力を抜いて走っている者もいるが、風魔法を使って体を浮遊させて監視しているセファーに見つかると、容赦なく《風刃》を打ち込まれていた。

「ひー！」

「お助けー！」

そんな狩人達の姿を見て、俺はアマンダ達がなぜ怯えていたのか悟った。セファーはエメラルドグリーンのロングヘアをなびかせて宣言する。

「外周を走り終わった者は五分休憩。休憩が終わったら、剣の素振り千回だ。千回こなす前に休んだ者は《風刃》だ！」

「「「「イエス、マム！」」」」

よ、容赦ないメニューだな……ほんとに鬼教官じゃねえか。

狩人達に申し訳なく思いつつ、俺はこっそりとその場を去るのだった。


それから二ヵ月が経つ頃には、基礎訓練は終わり、未開発の森林での実地訓練が始まった。

狩人達の顔つきは引き締まり、精悍《せいかん》な戦士といった印象だ。

訓練開始から三ヵ月、季節が夏になる頃には訓練も終わり、狩人達はボーダ村の狩人部隊と呼ばれるようになっていた。弓矢を得意とし、剣も槍も使える精鋭部隊だ。

狩人部隊は仮での食料の確保に加えて、平時は外壁の上から、村の外を監視する役目もこなしてくれている。

そんなある日、狩人部隊の隊長を務めているエドが、俺の家へ走り込んできた。

「馬車と荷馬車の一団がボーダ村へ向かってきています。所属は不明ですが、いかがなさいましょう？」

俺がこの村に来てそれなりに経つけど、誰かが来るのは初めてだな。

「せっかくこんなところまで来てくれたんだ。俺が門で出迎えよう」

「私も一緒に参ります」

「そうだね。リンネも一緒に来てくれ」

俺とリンネはエドに案内されるまま、家を出て表門まで歩いていく。

俺が表門へ到着すると、外壁の上では狩人部隊が弓を構えて、表門を警備していた。

エドの命令で門が開くと、確かに黒塗りの馬車と荷馬車が村へ向かって走ってきているのが見えた。

ぱっと見、武装している風でもないので、まずは村の中まで入ってきてもらう。

馬車と荷馬車は表門を潜って村の中に入ると、停止した。

そして馬車の扉が開いたかと思うと――アルベドがニッコリと微笑みながら降りてきた。

「三ヵ月に一度訪問するという約束でしたが、他の村へ立ち寄っていたため遅くなってしまいました。誠に申し訳ありません……そういえばエクト様、グレンリード辺境伯様の三男でいらっしゃったのですね。先日は気付かず、大変失礼いたしました」

そういえばそんな約束してたっけ。すっかり忘れていた。

それに、俺の出身の情報も、もう手に入れたのか。商人は情報が命だというが、アルベドは優秀なんだろうな。

「約束通り、ボーダ村まで来てくれただけでも嬉しいよ。それと、俺の生まれのことは気にしないようにしてくれ」

「かしこまりました……それにしても、エクト様が領主になられてからボーダ村は発展したようですね。話に聞いていた辺境の村らしい面影《おもかげ》はすっかりない。家々も新築のように美しく、村を守る外壁も素晴らしい」

アルベドは感心したように、周りを見回して頷いている。そう言われると恥ずかしい気持ちになる。

「リンネも元気そうでなにより。エクト様に可愛がってもらっているか?」

アルベドの言葉を聞いて、リンネは顔を真っ赤にして、俺の背中に隠れてしまった。

「リンネとはまだまだのようですね。リンネを何卒よろしく可愛がってやってください。私もリンネのことを娘のように思っておりますので」

「わかった。リンネのことは任せてくれ」

彼女のことはきれいで可愛いと思っている。何よりも家のことをしっかりやってくれているおかげで、俺は快適に暮らすことができているのだ。

俺は背中に隠れたリンネの手を取って、隣へ並ばせる。アルベドはリンネを見て優しく微笑んでいた。

「さて、懐かしい話はここまでにして……魔獣の素材や魔石を買い取らせてもらえますでしょうか。日用品を中心に色々と揃えてきましたので、商品をご確認ください。値段は勉強させていただきます」

「それは助かる。まだまだ足りないものだらけだからな、力を貸してくれ」

「ではさっそく、荷馬車の荷物を布の上に置いて、市《いち》を始めることにいたしましょう」

アルベドは手下の商人達に命じて、用意を始めた。リンネも手慣れた様子で、荷解《にほど》きと商品を並べるのを手伝う。

何事かと、村人達が集まってきて、少し遅れてアマンダ達もやってきた。

どうやら地下の倉庫から、大量の魔石と、魔獣の素材を持ち出してきたようだ。

それらを手に、アルベドと交渉を始めた。その数の多さにアルベドも驚いている。

狩人部隊の皆も、魔獣の素材を売って、商品を購入しようと市を見回っているし、農民達も、興味深げに商品を覗《のぞ》き込《こ》む。

そんな大盛況《だいせいきょう》の中、アルベドが厳しい顔をしていた。

そして、何か言いたそうに俺の顔を見る。

「まさかこれほど魔石や素材の買い取りがあり、活気のある村になっているとは思いませんでした。できればボーダ村に拠点を置きたいと思うのですが、いかがなものでしょうか？」

「ボーダ村に店を開きたいということか。それなら無料で建てよう」

「いえいえ、無料というわけにはいきません。この村での建築の相場がどれほどのものか存じ上げないので、どれくらいお支払いすればいいのかわかりませんが……建築代と税を合わせて、売り上げの二割をエクト様に納めさせていただくというのはいかがでしょうか」

「いやいや、二割は辛いだろう。売り上げの一割でどうだ？　その分、村人が買いやすいように商品の値段を良心的にしてくれ」

「わかりました。それでお願いします」

よし、話もまとまったし、さっそく店を建てるか。

立地の良さを考えると、唯一の大通りの、村の中心に近い位置にしようか。

「それじゃあ、商店をこれから建ててくるから、少しの間待っていてくれ」

「私も一緒に参ります。自分の商店ですから、建つ場所はこの目で見ておきたいので」

ん？　アルベドのこの言いようだと、立地を決めるだけだと思ってるのかな？

……まあ、普通は建物なんて一瞬でできるものじゃないし、完成する頃にまた来ようと考えているのだろう。

そんなアルベドと、リンネを引き連れて、俺は建設予定地に到着する。

「こんないい立地でいいんですか？」

「もちろんだ、ちょっと待っててくれ」

俺はそう断りを入れてから、地面に手をつく。

そしていつもと同じ要領で、三十分ほどで商店の外観を完成させた。

地下二階、地上二階の四階建てだ。

最初は何をしているのかと言いたげだったアルベドも、今はポカーンとした顔で呆然と商店を見上げていた。

「これで商店の外観は終わった。内装はオラムっていうハーフノームか、適当な職人に頼んでくれ」

「……いやはや、驚きました。こんなに早く商店ができるなんて。王都でも、こんな工法で家は建てないですよ。土魔法とはすごいものですね」

「まあ、俺以外でこの作り方をできるやつはいなさそうだけどな」

けっこう魔力に物を言わせた作り方だもんな。

「それにしても素晴らしい！　次回来た時に商品を置こうと思っていたのですが、今日の残りの在庫を、全て置いていくことにしましょう。それから、店員として猫獣人《ねこじゅうじん》のカイエを置いていきます。彼女は私の商店でも古株でして、何でも気軽に相談してください」

アルベドが俺に説明していると、まさに猫獣人が走ってきた。彼女がカイエなのだろう。

確かに頭に猫耳がついていて、スカートから猫の尾がクネクネと出ている。愛嬌《あいきょう》のある笑顔がとても可愛い。

「今、名前を呼んだですかにゃー？」

「ああ。今日からお前がボーダ村の商店の店長になる。エクト様をサポートするようにな」

「いきなりですにゃ！　この建物がその店舗《てんぽ》ですかにゃ？　特別報酬は出るのかにゃー？」

「もちろん出す。だからやってくれるな？」

「でしたら頑張りますにゃー」

アルベドとカイエの話がまとまったところで、リンネにオラムを呼んできてもらうと、オラムは笑顔でピョンピョンと跳ねながらやってきた。

「オラム、ここに商店を作ったんだが、例によって内装はまだなんだ。店長のカイエと相談しながら内装工事を頼みたい。必要なものがあったら、職人も使ってくれ」

「わかった、任せてよ。カイエ、壁や大きな家具、それから装飾なんかは僕が土魔法で作るから、店内の内装について教えてね」

「わかったですにゃー。それでは失礼いたしますにゃー」

カイエとオラムは一緒に商店の中へと入っていった。後のことはオラムに任せておけば大丈夫だ。

と、そこで、リンネがふわりとした笑顔で俺の肘《ひじ》をつついてくる。

「エクト様、アルベド様を公衆浴場へ案内されてはどうでしょうか？」

それはいい提案だ。ここに立ったまま内装工事が終わるまで待っているよりもいい。まだ陽は高いから、公衆浴場も混んでいないだろう。

「それじゃあ、アルベドは俺と一緒に公衆浴場へ行こう。ここの公衆浴場は温泉なんだ」

「なんと！　こんな僻地で温泉に入れるとは！　旅の疲れも癒《い》えますね！　実は私、温泉が好きなんですよ」

喜ぶアルベドを連れて、俺は公衆浴場へと向かう。

内装工事が終わるであろう時間までゆっくり堪能《たんのう》してから公衆浴場を出ると、アルベドを見かけたカイエが走ってきた。

「アルベド様、内装の方、細かい家具なんかは追って作ってもらうけど、ほとんど終わりましたので見てほしいですにゃ！」

「おや、早いですね。それでは行きましょうか」

俺もついていったが、なかなか広々としたレイアウトになっていて、ここに商品が並ぶのが楽しみになってきた。

それから数日、アルベド達は村を楽しんだ後、カイエを残してボーダ村を去っていったのだった。

第5話　辺境の森林の異常

アルベド達がボーダ村を去ってから数日。

突然、家のドアが激しく叩かれたので、リンネも俺も驚いて玄関へ行き扉を開けると、狩人部隊の隊長のエドが肩で息をして立っていた。

「いったい、どうしたんだエド？　緊急事態かい？」

「それが……外壁の上から村の外を監視していましたら、遠方から、百人以上の群衆がボーダ村を目指して走ってくるのが見えました。何かに追われているような様子です」

「わかった。俺も外壁に登って見てみよう。リンネ、『進撃の翼』にも声をかけて、表門で待機するように伝えてくれ」

「わかりました」

俺は隊長のエドと一緒に、外壁へ登る階段へ向かう。リンネは『進撃の翼』の五人に声をかけるために、隣の家へと走っていった。

外壁の上に立ってみると、百人以上の群衆がこちらへ向かって走ってきているのが見えた。何から逃げているのかはわからないが、追われていることには間違いないだろう。

「狩人部隊の全員を外壁に配置してくれ。戦闘になるかもしれないからね」

「わかりました」

エドが合図をすると隊員が鐘《かね》を鳴らし、それに反応して他の隊員達が駐屯地《ちゅうとんち》から出てきて、外壁に登ってくる。

『進撃の翼』の五人が表門の前に到着し、群衆がかなり近づいてきたところで、彼らを追っているのがゴブリンの集団だとわかった。約百体はいるだろうか、これほどの数は見たことがない。

「表門を開けろ。逃げてくる人々を救うのが先だ。群衆を襲っているのはゴブリンの集団だ。『進撃の翼』の五人は彼らをゴブリンから逃がしてくれ」

「ああ、任せな」

俺の指示にアマンダがニヤリと笑って、開いたばかりの門を出て行き、他の『進撃の翼』のメンバーもそれに続く。

外壁の上からの戦闘指揮はエドに任せれば問題ないと判断した俺は、外壁を降りてアマンダ達の後を追った。

追われてくる群衆を避けつつすれ違い、俺達はゴブリンの集団へと迫る。

群衆の最後尾が見えたところで、ゴブリンの集団と群衆の間に、土魔法で壁を作り出す。左右を迂回《うかい》してくるが、これで勢いは削げたはずだ。

そして同時に、大声でエドに指示を出す。

「群衆を収容し次第、表門を閉めて、ゴブリンの集団を迎撃《げいげき》！」

その指示通り、表門が閉まると同時に、狩人部隊の矢がゴブリンの集団に降りかかった。これでかなり戦力を削れただろう。

矢が途切れたところで、『進撃の翼』の五人もゴブリンの群れに突っ込んでいった。

アマンダは両手剣でゴブリンを両断し、ノーラは大楯で吹き飛ばしてから槍で串刺《くしざ》しにする。オラムは素早くゴブリンの間を駆け抜け、ゴブリンの首を短刀で斬り裂いていく。セファーの《風刃》やドリーンの《火球》は、容赦なくゴブリンを屠《ほふ》っていった。

俺も剣を抜いて、袈裟切り、逆袈裟、横薙ぎと振るい、ゴブリン達を倒しながら走る。

十分ほどの攻防で、三分の二近く倒したにもかかわらず、ゴブリン達に戦意を失った様子はなかった。

さすがに何かおかしいと、アマンダが不審な顔をして、俺の元へ近寄ってきた。アマンダが隣に立つと、甘い香りが漂ってくる。

「あの臆病《おくびょう》なゴブリン達が、今日は特に好戦的だ。いつもなら、これだけ倒せば逃げていくはずなのに」

確かにアマンダの言う通りだ。一体一体が強くないゴブリンは、これだけ倒されれば、普通なら逃げていくはずである。

「僕、ちょっと偵察に行ってくるよ！」

オラムがゴブリン達の間をぬって、その集団の奥に何があるのかを見にいった。

かと思いきや、すぐに駆け戻ってきた。

「後ろにゴブリンジェネラル三体とゴブリンメイジ二体、ゴブリンキング一体がいるよ」

なるほど、このゴブリンの集団は、ゴブリンキングの命令に従っていたから好戦的だったんだな。

ただのゴブリンは最弱のFランクで、集団になってもEランク程度だ。しかし、ゴブリンジェネラルとゴブリンメイジはDランク魔獣に、ゴブリンキングはCランク魔獣に指定されている。

そいつらのせいでゴブリン達が引かないのであれば、そいつらを倒せばいいだけだな。

俺は振り返り、エドに向かって大声で指令を出す。

「狩人部隊は引き続きゴブリン達を矢で射殺せ！」

そしてその指示と同時に、俺達はゴブリンの集団へと突っ込み、ゴブリンキング達に迫る。

その背後では、外壁の上から狩人部隊の射た矢が雨のように降り注ぎ、ゴブリン達は矢によってバタバタと倒れていった。

「ゴブリンジェネラルはアマンダとノーラで、ゴブリンメイジはセファーとドリーンで倒してくれ。ゴブリンキングは俺とオラムで足止めしておく」

「「「「おうー！」」」」

ゴブリンの集団を抜ければ、すぐにゴブリンキング達と接敵した。

アマンダとノーラが、ゴブリンジェネラル三体と交戦する。三対二の戦いだが、ノーラが器用に大楯を使い、ゴブリンジェネラル二体を翻弄《ほんろう》している。そしてアマンダが両手剣を上段に構え、ゴブリンジェネラル一体を唐竹割《からたけわ》りに頭から股《また》まで両断する。

ゴブリンメイジは俺とオラムを狙《ねら》って《火球》を飛ばしてくるが、俺とオラムはそれを躱して、ゴブリンキングの元まで駆けていく。

俺とオラムを狙っていたゴブリンメイジ達は、セファーとドリーンに気付いていないようで、その隙をついて二人の《風刃》と《火球》が襲いかかり、あっさりと絶命させた。

ゴブリンキングは体長三メートル、フルプレートの鎧《よろい》を着込んでいて、二本の大剣を持っていた。

俺は襲いかかる大剣を躱し、鎧の隙間に剣を突き入れる。

「ブゥゴォォオー！」

しっかり傷をつけられていたようで、激昂《げきこう》したゴブリンキングが俺を追うために駆け出す。

しかし俺は冷静に《土網》を発動してゴブリンキングの足を絡めとると、《土網移動》で転倒させた。

オラムがすかさず、倒れたゴブリンキングの鎧の隙間から短剣を突き立てて、体中を傷つけていくが、どれも致命傷には至らず、ゴブリンキングは暴れ続けていた。

「ブゥゴォォオー！」

しかし立ち上がることができず、腕までも土の網に搦《から》め捕《と》られたゴブリンキングに近づいた俺は、鎧に守られていない首へと剣を振り下ろし、その命を絶った。

そんな俺達の元に、危なげなくゴブリンジェネラルを討伐したアマンダとノーラ、そしてセファーとドリーンも走ってくる。全員、大怪我はないようだ。

アマンダはニッコリと笑って、俺の肩に体を寄せた。

「ゴブリンキングに勝ったな。大したもんだ。誇っていいぞ」

「俺一人じゃ無理だったさ。これは皆の勝利だ。皆、手伝ってくれてありがとう」

ゴブリンキング達を倒されたゴブリンの集団は、流石に戦意喪失したのか、いつの間にか散り散りに逃走していたのだった。


俺達が村に戻ると、逃げてきた群衆は、表門を潜ったところで、グッタリと座り込んでいた。

リンネやエド、オンジに戦果を報告した俺は門の所に戻って、誰か代表者と話をできればと見回す。すると、群衆の中から一人の青年が立ち上がって、俺の方へと歩いてきた。

「俺達は隣村のボウケ村の者だ。俺は村長の息子でルダンという。村長はゴブリンに殺されたから、今は俺が村長代理をしている」

ボウケ村か、このあたりって、小さな村がいくつかあるんだよな。ボーダ村よりも小さいところが多いから、俺は足を運んだことはなかったけど。

「……そうか。俺はボーダ村の領主のエクトだ。村の被害はどれくらいなんだ？」

「ボウケ村はもうない。村人全員で逃げてきた。迷惑をかけるが、助けてほしい」

全部で百人くらいか……土地的には余剰があるから問題ないかな。

「事情はわかった、ボーダ村はボウケ村の民を全員受け入れよう」

俺の言葉を聞いたルダンはホッとした顔を見せた。俺は逃げてきたボウケ村の村人を安心させるように大声で宣言する。

「見ての通り、この村は頑丈な外壁に守られている。皆、安心して暮らしてくれ！」

俺の言葉に、「おおー！」「助かったー！」と、いろんな所から声があがる。

ボーダ村の元の村人達とうまくやれるのかは心配だが、とりあえず俺はそっと安堵の息を吐く。

「まずはボウケ村の人達の家を作らないといけないな」

俺がそう呟くと、リンネが俺の隣へと歩いてきた。そして小さな声でささやく。

「村の農耕地の畑の近くに、まだ利用されていない、大きな空地があります。まずはそこへ長屋を作ってみてはどうでしょうか？」

「なるほど、長屋か。どうせいきなりこの人数分の家は建てられないし、とりあえず長屋でも構わないかな……ルダン、家の都合をつけてくるから、少し待っててくれ」

農耕地の方へ歩いていくと、オラムが後を追いかけてきた。

「建物を建てるんでしょ。僕も手伝うよ」

「ああ、本当に助かるよ」

空地に辿り着いたところで、さっそく長屋を作っていく。

大体何世帯分が必要かわからないので、少し多めに、十二世帯が入れる二階建ての建物を三棟作る。どの部屋も均一の作りで、２ＬＤＫだ。

さっきの戦闘でほとんど魔力を使っていなかったから、ギリギリで魔力が足りたな。

おおむね外の作りは俺がやって、部屋の仕切りなんかの細かい部分はオラムに任せてある。

大体一時間ほどかけて長屋を建て終わった俺達は、ボウケ村の人々の元へと戻った。

どうやらボーダ村の村人達が炊き出しをしてくれているらしく、ボウケ村の人々は、嬉しそうに食べていた。

　そんな彼らを眺めていると、オンジが俺の傍へと歩いてくる。

「実はボウケ村とは古い付き合いでしての。ボーダ村が危ない時には、常にボウケ村が助けてくれておりましたのじゃ。今度はわし達がボウケ村の村人達を助ける番ですじゃ」

「なるほど、そうだったんだな。とりあえず家は用意しておいたから、オンジがボウケ村の連中の世話をしてやってくれないか？　代表はルダンっていう青年らしい」

「わかりましたじゃ。ルダン坊とは知り合いでしてのう。仲良くやっていきますじゃ」

　俺とオンジが話していると、ルダンがやってきた。それを見て、オンジが声をかける。

「ルダン坊、わしのことを覚えておるか？　ボーダ村の村長じゃったオンジじゃ」

「ああ、覚えてるよ。ただ、もう子供じゃないからルダン坊はやめてほしい……また会えて嬉しいよ。これからもよろしくお願いしたい」

「わかっておる。食事が終わったら、家に案内するからの。わしについてまいれ」

　ボウケ村の人々は食事が終わった順から、オンジに先導されて、農耕地の近くに建てられた長屋へと向かっていった。

　しばらくその光景を見守っていると、表門が開いて、アマンダ、ノーラ、セファー、ドリーンの四人が戻ってきた。どうやら、ゴブリンの体から魔石を抜き取っていたらしいが……アマンダは集めた魔石が入っているらしき革袋を、俺に投げ渡してきた。

「この魔石は狩人部隊も含めて、全員でゴブリンを倒した成果だ。だから領主であるエクトが全て貰っておけ。村人も増えて、資金も必要だろうしな」

魔石はカイエの店へ持っていけば換金できるようになっている。今回はありがたく貰っておこう。

ふと顔を上げれば、アマンダが険しい顔で口を開いた。

「今回のボウケ村へのゴブリン集団の襲撃は何かおかしいぞ」

「何がおかしいんだ？」

「ゴブリンキング、ゴブリンメイジ、ゴブリンジェネラルは、普通は自分達の巣穴から出てこないはずなんだ。それなのに、今回はゴブリン達と一緒に村を襲ってきている」

そう言われてみると、今までゴブリンキングが人里を襲ったという話を聞いたことがない。

「確かにおかしいな」

「これは異常行動だよ。気をつけておいた方がいいかもしれない。私の勘はよく当たるんだぜ」

実際に何かが起きているかどうかもわからないが、警戒するに越したことはないだろう。

特にボーダ村は、三方を未開発の森林に囲まれており、魔獣達に囲まれて生活していると言っても過言ではない。

つまり、魔獣達の異常行動は、ボーダ村の危機に直結するのだ。

備えとして外壁を作ってあるが、注意と警戒だけは必要だろう。

アマンダ達と別れた俺は、今後のことを考えながら、警備態勢について相談するため、エドがいるであろう狩人部隊の駐屯地へと向かった。

第6話　異変の原因

ボウケ村の村人を受け入れてから季節は巡り、すっかり秋になった。

あれからすぐ、農耕地の面積がいよいよ狭くなったため、俺は森林開拓を実行した。

今回は、三方の森林を五百メートルずつ開拓する。

まずは土魔法で、木材になりそうな木を根っこごと引き抜き、どかしておく。その他の草木については、地面の下に埋めてしまう。

それを根気よく繰り返し、更地になったところで、今ある外壁を崩し、今回開拓したエリアの外周に沿って再び作っていく。

今回は高さを七メートル、幅も四メートルに補強しておいた。これなら、ドラゴンでも来ない限り、崩されることはないだろう。

かなりの広さになったが、これでもまだ足りなければ、また開拓をすればいいだけだ。

また、ボウケ村の狩人はボーダ村の狩人部隊に編入された。セファーの指導の甲斐《かい》あって、今ではボウケ村の狩人達も、ボーダ村の狩人部隊と遜色《そんしょく》ないほどの練度となっている。

狩人部隊は現在、七十人ほどになっていて、基本的には隊長のエドと、副隊長のルダンが部隊をまとめる。狩人としての経験も豊富な二人が率いるのだから、無茶な行動をすることはないだろう。

そんな日々を過ごしていた俺だったが、今日は、セファーが指揮する狩人部隊の実地訓練に参加して、森林へと足を運んでいた。ちなみにセファー以外の『進撃の翼』の四人は、昨日から森林の奥へと遠征に出かけている。

以前小川を見に来た時よりも、さらに深い森の中へと入っていくと、オーク三体が歩いているのを発見した。

狩人部隊は弓を番《つが》えて、セファーの号令を待つ。

「――射て！」

号令と共に、狩人部隊の面々がオークへ向けて矢を射る。しかし、オークの肉は分厚く、致命傷を負わせることができていない。

「抜刀！」

セファーが号令をかけつつ細剣を抜刀し、オークに斬りかかった。狩人部隊も、オーク三体を囲んで斬りかかっている。

セファーが首を斬ったオークはすぐに絶命するが、狩人部隊が斬りかかったオークは手足を斬られながらも、生きたまま暴れている。

「狙うのは首だ。首を狙え！」

セファーの檄《げき》が飛ぶ。狩人部隊の隊長エドがオークの首を斬り落とした。これで二体目。

三体目のオークは、手足を斬られ地面に倒れたところを、ルダンが首を斬り飛ばして絶命させた。

オーク相手に、これだけの手数が必要となるとは、まだまだ狩人部隊の練度が足りないか。

オーク三体は血抜きと解体をされて、後方の隊員のリュックに詰め込まれていく。

「今日はもう少し奥まで進むから、緊張を解かないように」

セファーが狩人部隊全員に声をかける。そして俺の隣へ歩いてきた。

「隊員達はまだまだ練度が足りない。だからエクトも手伝ってね」

「ああ、危険な時は助けるよ。大怪我を負われてもエクトも手伝ってね」

セファーと俺を先頭にして、さらに奥へと進んでいく。

歩を進めていくと、茂みの奥からCランク魔獣のオーガが二体、姿を現した。

狩人部隊は弓に矢を番え、オーガ達を狙っている。そこにセファーの号令が飛ぶ。

「射て！」

しかし狩人部隊の矢は、オーガの皮を傷つけるだけで、ダメージを与えられていない。

「抜刀！」

セファーが鞘から細剣を抜いて、オーガの一体と対峙《たいじ》する。オーガの筋肉は硬く、セファーであっても、なかなか切れないようだ。

もう一体のオーガは狩人部隊が囲むが、なかなか仕留められず、多数の怪我人が出ていた。

流石にこれはまずいと感じた俺は、剣を抜いて前に出ると、暴れているオーガの両腕を斬り、最後に首を斬り飛ばして絶命させる。

後ろを見るとセファーが《風刃》で、オーガの首を斬り落としていた。

「エクトがいてくれて助かった。狩人部隊では、オーガを倒すのはまだ難しいようだな」

「皆、それなりに成長している。焦ることはないよ。できる範囲から頑張っていこう」

「そうだな。エクトの言う通りだ。皆、よくやった」

さっそくオーガを解体しつつ、怪我人はカイエの店で購入したポーションで治療する。ポーションは高値だが、命より大切なものはない。

「今日の演習はここまで。ボーダ村へ帰還する」

セファーのそんな言葉を聞いた途端、狩人部隊の皆は、ほっと息をついた。相当、緊張していたのだろう。オーガを相手にしたのだから無理もない。

帰りは隊長のエドと、副隊長のルダンが先頭に立ち、俺とセファーが殿《しんがり》を務める。

そうして村に戻ると、ちょうどアマンダ達四人が帰ってきたところだった。

しかしよく見れば、かなりボロボロだ。

「どうしたの!?」

セファーが四人に駆け寄ると、アマンダは苦笑する。

「いやね、森の少し奥で、オークが集落を作り始めてるのを見かけてね……私達だけで潰してきたのさ。ちょっと無理して、ボロボロになっちまったけどね」

「オークの集落だって!?」

俺は思わず、声をあげてしまった。

集落を作ったオークは、女性を攫《さら》い、繁殖するようになる。そして集落を作るということは、少なくともオークキングがいたはずだ。

それを四人で倒すなんて……

「まぁ、私は昔、オークに襲われた女性を助けたことがあるんだ。ただ、オークの子を孕《はら》んでいたために、その人は自殺してしまったんだ……だから、オークの集落を見過ごせなくてな」

アマンダは、そう寂しそうに笑う。

「あ、でも今回は、攫われた女の人はいなかったから安心していいよ！」

ちょっぴり湿っぽくなってしまった空気を払拭《ふっしょく》するように、オラムが明るく言う。

「そうか、それならよかった……四人とも、本当にありがとうな」

俺の言葉に、四人は少し照れくさそうにしていた。

先日、ボウケ村を襲ったゴブリンの集団は、オーク達に襲われて、巣を失ったゴブリン達かもしれない。オークの集落を放置しておけば、他の災害が広がっていた可能性あるだろう。

ほんと、『進撃の翼』の皆には助けられているな……いてくれてよかったよ。

それから俺はエドを呼んで、帰ってきたばかりではあるが狩人部隊全員でオークの集落へ向かうように指示した。

「今日はオークの肉で肉祭りだー！」

俺の声に、全員が歓喜の声をあげたのだった。

夜になり、満天の星が輝き始めた頃、狩人部隊が戻ってきた。肉や素材が入っているであろう隊員達のリュックはパンパンに膨らんでいる。

村の中央広場でオーク肉の料理が調理され、狩人部隊や集まってきた村人達に料理が振る舞われる。

広場の中央で座っていると、リンネとオラムがエール酒と肉料理を持ってきてくれた。

タレに漬け込んで焼いた肉は柔らかく、肉汁とタレが口の中にジュワっと広がり、とても美味しい。俺は肉を食べ、一気にエール酒をあおる。実に美味い。

エール酒を持ったアマンダが頬を赤く染めて俺の隣に座る。

「皆、肉祭りを楽しんでいるようで私も嬉しいよ。苦労して集落を殲滅《せんめつ》した甲斐があったというものだ」

「アマンダ達がオーク達を倒してくれたおかげだ。感謝するよ」

アマンダが嬉しそうに、そして妖艶《ようえん》な微笑を浮かべて、俺の腕に自分の腕を絡ませる。豊満な双丘が脇《わき》に当たる。

「この村は良いな。魔獣は狩り放題で、これからも発展を続けるだろう。私はエクトがこの村を発展させていく姿を見たい。ワクワクする。これからも協力するぞ」

「ああ、頼んだよ」

「アマンダ、それ以上エクト様に近寄ってはいけません。近寄りすぎです」

俺が頷いていると、リンネが俺の隣に座りながら、アマンダを牽制《けんせい》する。

しかしアマンダは俺の腕を離さず、睨み合うリンネとアマンダの間で視線の火花が飛び交うイメージが見えた。

そんなアマンダとリンネを意に介さず、オラムが俺の膝の上に乗ってきて、オーク肉を頬張りながら、二人を見て笑っている。

領都グレンデを出て、ボーダ村に来て本当に良かったと思う。

楽しい仲間達を一緒に、これからボーダ村をもっともっと発展させていこう。

俺は星空と村人達の笑顔を眺めながら、夢を膨らませた。


それからさらに数週間。

農業も軌道に乗り、狩人部隊も日々魔獣を狩ることで実力と自信をつけ、村は徐々にだが、発展してきている。

俺はリビングで紅茶を飲みながら、次は何をしようかと考えていた。

これ以上の発展のためには、何か特産品のようなものを作って、村の外から貨幣《かへい》を手に入れ、それを元手にまた新しい技術や文化を導入し……といったことが必要になる。

しかしこの村には特産品らしい特産品がないのだ。どうしたものか……

俺はため息を一つ吐いて、紅茶を一口飲む。

リビングに入ってきたリンネが俺の顔を心配そうに見てきた。

「何か悩みごとがあるようですね」

「そうだね。少し問題かもしれないね」

「今、ボウケ村の神父さんだったバジーニさんが相談に来られていますが、どういたしましょう？」

「神父さんが？　……問題ないよ、会おうか」

リビングを出て、玄関に立っていた男性に挨拶をする。

「こんにちは、エクトです」

「ボウケ村で神父を務めておりました。バジーニと申します」

「本日はどうしました？」

「実は、ボーダ村に教会を建てていただきたくて……」

そういえば、俺がボーダ村に来た時から教会はなかったな。それで、託宣の儀を受けていない者もいる、みたいな話をオンジから聞いたっけ。ボウケ村にはあったのか。

「ボウケ村の者の中には、敬虔《けいけん》な信者もおられます。これまでは教会がなくとも何とかやっていましたが、やはり教会が欲しくなりまして……」

ふむ、これを断る理由はないよな？

「では教会を建てましょう。ボーダ村では託宣の儀を受けていない人達も多いでしょうから」

「私も託宣の儀を受けていません」

俺がバジーニさんに言うと、リンネが悲しそうにポツリと呟いた。リンネは元々は奴隷メイドだったからな……

この世界において、奴隷の身分は最底辺で、露骨に差別されていることもある。特にグレンデでは奴隷が教会に入ることを禁止されていたので、リンネが託宣の儀を受けていないのもおかしなことではないだろう。

「そうだったのか。教会ができたら、受けさせてもらおうな」

俺の言葉に、リンネは嬉しそうに頷いた。

そんなわけで、さっそく俺はリンネ、バジーニさんを連れ、大通りの空地に移動すると、いつものように土魔法を使い、教会を建てた。バジーニさんに色々と聞きながら外装と簡単な内装を作っただけだが、立派なものができたと思う。

できたての教会を見て、バジーニさんが胸の前で両手を握って拝んでいる。よほどうれしかったのだろう。目尻《めじり》にはうっすら涙が浮かんでいた。

「エクト様、ありがとうございます！」

「いや、村人のためだからな。ただ、一つだけ頼みがある。リンネに託宣の儀をしてほしいんだ」

「託宣の儀で使用する水晶なら今持っています。そのようなことでよろしければ、今すぐ託宣の儀をいたしましょう」

バジーニさんの先導で、俺達は教会に入る。

バジーニさんは、祭壇の上に布を敷いて水晶を置いた。

「リンネさん、こちらの水晶の上に手をかざしてください」

リンネが言われたに通りすると、水晶が純白に光り輝いた。

バジーニさんはニッコリと、リンネを見つめている。

「リンネさんは光属性魔法のスキルがあるようですね」

リンネも俺も、目を見開いて驚いた。

光属性魔法のスキルを持つ者は回復魔法も使えるため、回復魔法士と呼ばれることがある。

回復魔法士はとても希少で、ひっきりなしに冒険者達からスカウトが来るぐらいだ。

自然に生えている薬草からポーションを作れるのも回復魔法士だけで、そのためポーションは高価なのだが……これで、この村のポーションの値段が多少下がるかもしれない。

リンネが祭壇を降りて、そっと俺の手を握る。

「これからは家の外でも、エクト様をお手伝いすることができます。とても嬉しいです」

リンネは花が開いたように微笑んで、俺はその笑顔に思わず見惚《みと》れてしまった。

しばらくすると、アマンダ達『進撃の翼』の面々がやってきた。

アマンダが俺の隣に立って、祭壇を見つめている。

「教会を建てたのか。これでボーダ村の村人達も託宣の儀を受けられるな。できれば亜人や獣人の者も託宣の儀を受けられるようにしてほしい」

バジーニさんは、そんなアマンダの要求を聞いて、柔らかく笑みを浮かべた。

「ボーダ村の方でしたら、誰でも託宣の儀を受けられるようにいたします。ご安心ください」

「それなら良かった。獣人や亜人は偏見《へんけん》の目で見られやすいからな」

たしか、アマンダは肉体強化、ノーラは怪力、セファーは風魔法、オラムは土魔法、ドリーンは炎魔法のスキルを持っているんだっけ。

さっそくリンネが回復魔法士のスキルを得たことをアマンダに伝えると、アマンダはパーティの一員として加わってほしいと、リンネを勧誘し始めた。

しかし、リンネは静かに首を横に振って、アマンダの申し入れを断る。

「私はエクト様のお世話をするメイドです。エクト様のお役に立ちたいので、冒険者になることはできません」

「そうだな。リンネのおかげでだいぶ助かってるよ。これからもよろしく頼むよ。今度一緒に、ポーションの素材になる薬草を森林まで採りに行こう」

「エクト様とご一緒できるのなら、どこへでも参ります」

リンネはそう言って、静かに微笑んだ。

断られてしまったアマンダは、少し残念そうな顔でリンネを見ている。よほど回復魔法士がほしいのだろう。

とりあえず儀式は済んだので教会の外へ出ると、多くの村人達が集まってきていた。そりゃ、こんな大きい建物ができたらそうなるよな。

俺は村人の方に向き直って、口を開く。

「この度、教会を建てた。誰でも託宣の儀を受けられるし、信徒にもなれる。是非利用してくれ」

村人達は喜んで、その場で泣きだす者もいた。よほど嬉しかったのだろう。

「教会を建てていただき、感謝いたしますじゃ。これで、この村でも教会で婚姻の儀式をすることもできますじゃ」

「ボウケ村には教会があった。ボーダ村に教会を建てていただき、感謝します。これで信徒達も安心して暮らしていけます」

オンジとルダンはそう言って頭を下げると、教会へと入っていき、ボウケ村の信徒達もそれに続く。

嬉しそうな彼らの後ろ姿を見送って、俺とリンネは家へと戻るのだった。

第7話　アブルケルの山々

「それでは行ってくる」

「いってらっしゃいませ。村のことはオンジさんにも手伝ってもらって、私のできる範囲でしておきます」

玄関を出た俺へと、リンネが柔らかく微笑んで、深くお辞儀をする。

季節が冬に差しかかったある日、俺と『進撃の翼』の五人は、森林を抜けた先にあるアブルケル連峰、その麓《ふもと》を目指して、遠征に出発した。

森林はこの季節でも青々と茂っていて、そのせいか森に入ると暖かく、冬を感じさせない。まるで別次元の場所にいるようだ。

「本当にエクトまで来ちゃっていいの？　今回の遠征は長くなるよ？」

俺の隣を歩いているオラムが不思議そうな顔をして見つめてくる。

今回の遠征の主な目的は、未開拓のアブルケル連峰の麓を探索し、鉱石やその鉱脈を見つけることだ。

アブルケル連峰は四千メートル級の山々が続いており、それを抜けると、隣国のミルデンブルク帝国との国境地帯になる。

ミルデンブルグ帝国は小国を幾つも呑《の》み込《こ》んできた軍事強国で、アブルケル連峰がなければ、俺達のいるファルスフォード王国に攻め込んでいただろうと言われていた。

「ああ。今回の遠征では、鉱石を探しに行くのが目的だろう？　冒険者の専門の仕事じゃないし、土魔法士が多い方がいい。だから俺も一緒に行くのさ。村のことは、リンネやオンジに任せれば十分だしな」

「なるほど、それもそうだね」

オラムはそう言って、俺の袖を摘まんで、楽しそうに笑った。

するとパーティの先頭を歩いていたアマンダが振り返って、口を尖《とが》らせた。

「オラム、エクトの隣にいないで、早く斥候に移れ。今回の遠征は長丁場になるぶん、魔獣とできるだけ会いたくない。オラムが頼りなんだよ」

「わかったよ。アマンダはノーム使いが荒いんだから」

オラムは笑いながら、俺の隣から先頭へと走り出していった。

俺もアマンダの隣まで進むと、アマンダが悩むように尋ねてきた。

「今回の遠征は本当に必要なのか？　村の近くでも鉄鉱石はそれなりに採れているし、カイエの店でも仕入れられるだろう。それだけではダメなのか？」

「ああ、これ以上の村の発展を目指すなら、鉱山は自力で見つけておきたい。それに買うと言っても金がかかるだろう？　その金を増やすためにも、最悪鉱山じゃなくていいから、何か新しいものを見つけないと」

「農作物も耕しているが、それでもダメなのか？」

「収穫量が季節の天候によって左右されるからね。安定しているようで、実は不安定なんだ」

「だからアブルケル連峰なのか」

「そういうこと。まだまだ人の手が入っていないエリアだ、何があるかわからないからな」

鉄やミスリルなどの鉱山を発見できれば、安定した収入も得られるし、特産品も作れる。

俺の説明で一応の納得はしたものの、アマンダには気になる問題がまだあるようだ。

「アブルケル連峰に鉱脈があったとして、そこからボーダ村までどうやって運ぶんだ？　それなりの距離があるし、毎回この森林を抜けていかなければならないぞ」

「その時には街道を作る必要があるな。それと、護衛もつけないといけなくなるだろう」

「森林の奥の方になると、どんな魔獣が潜んでいるかわからない。Bランク冒険者パーティの私達でさえ危険なんだ、狩人部隊の面々でも護衛できるか……」

「そこが問題なんだよね」

なにせ、余りに広大なために調査しきれず、ドラゴンさえいると言われるこの森林だ。

その森林に街道を通すとなると、色々と考えることは多い。

「とりあえず、アブルケル連峰の麓まで行って、鉱脈を見つけてから考えるさ」

俺がそう言うと、アマンダは呆れたようにため息をつくのだった。

ボーダ村を出発した翌日、俺達が小高い丘を登っていると、斥候として周囲を確認しに離れていたオラムが、顔を青ざめさせて戻ってきた。

「遠くから見てわかったんだけど、この丘はグリーンドラゴンの背中だよ。グリーンドラゴンはまだ眠っているみたいだから、静かに丘を下りよう」

ドラゴンだって⁉　グリーンドラゴンといえば、リクガメを巨大にしたような姿だったと思うが、その甲羅《こうら》ってことか？

「素早く丘を下りよう。なるべく静かにな」

俺の言葉に皆が頷き、そろそろと丘を下りていく。

しかしその途中から地面が揺れ始め、俺達が丘を駆け下りると同時に、グリーンドラゴンが立ち上がった。

グリーンドラゴンは首を出して、俺達を見ている。それだけでもすごい威圧感だ。

〈わしの背中で何を騒いでおった？　お前達は何者だ？〉

いきなり頭の中に、しわがれた声が響き渡る。

アマンダ達も口を開いていないし、そもそもこんな声に聞き覚えはない。

ふとグリーンドラゴンを見ると、グリーンドラゴンの瞳が俺達を見据えている。

これは……グリーンドラゴンが念話を使っているのだろうか？

ドラゴンが高い知能を持ち、人語を喋《しゃべ》るというのは本当だったようだ。話が通じればいいが……

「俺はボーダ村の領主をしているエクトという。アブルケル連峰の麓まで行くため、この森林を歩いていた。背中を歩いてしまったことはお詫《わ》びする」

〈ほう、この森林を抜けていくつもりだったのか？　この魔獣があふれる森林を、人ごときが抜けられると思ったか？〉

「魔獣が多いことは知っていたよ。まさか本当にドラゴンがいるとは思ってなかったけどね」

俺がそう返すと、グリーンドラゴンの目がニヤリと笑ったような気がした。

〈面白い。人の身で、この森林を抜けられるか試してみるといい。アブルケル連峰の麓から戻ってくることができたら、また会おう〉

そう言って、グリーンドラゴンは再び体を伏せ、目を瞑る。

横を見れば、アマンダ達が全身から汗を流していた。

「あれとは戦いたくなかったぞ。全く勝てる気がしない……下手にちょっかいを出さない方がいいね」

「ああ、その通りだな」

俺もアマンダの意見に賛成した。ノーラ、オラム、セファー、ドリーンの四人も顔を青ざめて、深々と頷いている。俺達は丘を離れ、森林の奥地を目指して足を早めた。


ボーダ村を出発してから一週間。

俺達はようやく未開発の森林を抜けて、アブルケル連峰の麓へ辿り着いた。

さっきまで温暖な森にいたのに、吹き下ろす冷たい風のせいで、かなり肌寒く感じられる。

早く調査に移ろうと、俺は麓の崖《がけ》に手を当てて、《地質調査》をしていく。

しばらくすると、崖の少し上にある洞窟《どうくつ》の奥にミスリルの鉱脈があることを発見した。

「アマンダ、ミスリルがあるみたいだぞ」

「もう発見したのか。それもミスリルだと。すごいじゃないか」

目を見開くアマンダに、一緒に《地質調査》をしていたオラムも頷く。

「エクトの言う通りだよ。少し崖を登らないといけないけど、そこに洞窟があって、その奥にあるみたいだね」

俺とオラムの意見が一致したことで、皆は嬉しそうに崖を見上げる。いきなり成果が出たのだ、喜んで当然だろう。

俺達は突起を支えに少しずつ崖を這《は》い上《あ》がって、洞窟に到着した。

洞窟の中は暗くて何も見えない。ドリーンの炎魔法で松明《たいまつ》に火をつけて、奥に進むと、人が丁度二人歩けるほどの道が続いていた。

アマンダが隣に寄ってきて、小声でささやく。

「この洞窟、おかしくないか？　人工的に掘られたような感じがする。もしかすると誰かが住んでいるのかもしれない。注意して進もう」

「ああ、自然の洞窟にしては、穴の広さが均等すぎるな」

俺達は頷き合ってしばらく進んでいくと、整備された形跡のある三叉路《さんさろ》に差し掛かった。

先頭にいたオラムが振り返って尋ねてくる。

「どうする？　道が枝わかれしているよ。左の方が右よりも少し洞窟が新しそうに見えるけど」

「オラムが決めてくれていいぞ」

「わかった。左の洞窟へ進むね」

そのまま左の道を進むと、唐突に開けた場所に出た。

松明の明かりは強くないので、どの程度の広さかわからない。

あたりを見回していると、奥の方で何かが動き、それと同時に声が響いた。

「眩《まぶ》しいぞ、お前達は何者じゃ？　ドワーフではないのう」

「俺達はファルスフォード王国のボーダ村の者だ。そちらは何者だ？」

「ということは人族か？　未開発の森林を抜けてきたということじゃのう？　それは愉快じゃ。人族を見たのは初めてじゃ。ワハハハハ」

そんな笑い声と共に、洞窟の奥から、背が低く、ガタイの良い筋肉ダルマのような髭《ひげ》おやじが現れた。

アゴ髭が胸まで伸びていて、全身の毛が異常に濃い。体に大きな毛皮を一枚まとい、手にはツルハシを持っている。

「わしは、ハイドワーフ族のドノバンじゃ。ハイドワーフ族は洞窟の中で生まれ、洞窟の中で生活をし、洞窟の中で死ぬ。誇り高き種族じゃ」

あれ、俺の持っているドワーフ族の知識と違うな。

「ドワーフ族は俺達が住んでいる国にもいるよ。力持ちで手先が器用だ。鍛冶師をして生活している者が多い」

「それはただのドワーフ族、わしはハイドドワーフ族じゃよ……まあ、森林を越えてまで人族の国に行く者はおらんし、知らなくても仕方ないかもしれんがの」

愉快そうに笑うドノバンは、悪い人に見えない。むしろ、気さくでいい人そうだ。

こちらから色々と質問してみよう。

「ハイドワーフ族とは、何をしている種族なんだ？」

「見ての通り、鉱脈を掘っている種族じゃ。食べ物は森林に行けば魔獣がいるでな、困ることはない」

「鉱脈を掘って、何に使っているんだ？」

「生活用品に使っているに決まっているだろう。それがハイドワーフ族の生き方じゃ」

その言葉を聞いたアマンダが、驚いた顔でドノバンを見る。

「ミスリルを生活用品に使っているというのか!?」

「ミスリルだろうが、アダマンタイトだろうが、鉱石は鉱石じゃ。生活用品として使って問題あるまい？　むしろお前達は違う使い方をするのか？」

ミスリルは軽さの割に丈夫さが売りの金属、アダマンタイトは同じ体積の鉄より重いが、この世界ではオリハルコンに次いで二番目に硬い金属と言われている。どちらも非常に貴重なものだ。

「剣、槍、盾、色々な武器を作ることもできるだろう。作っていないのか？」

「ツルハシと斧《おの》は作っておるのう。ツルハシは鉱脈を掘る時に、斧は魔獣を倒す時に必要じゃからな」

ドノバンの答えを聞いたアマンダは肩を落として、残念そうな顔をする。

俺達からすれば、勿体《もったい》ない使い方をしているように見えるが、ハイドワーフ族の生活では、それが普通なのだろう。ドノバンはアゴ髭を梳《す》きながら、人好きのする笑顔を見せる。

「ふむ、皆に知らせて、今日は宴としよう。初めての人族の来客じゃからのう。歓迎するぞい。ついてくるといい」

ドノバンが踵《きびす》を返してずんずん進むので、俺達は慌ててついていく。

再び通路に入り、しばらくすると、さっきよりも広く、明るい空間に出た。

そこにはドノバンと似たような格好の者達が、床に座って談笑していた。

そして、こちらに気が付くと、視線を向けてくる。

しかし誰も怯えた様子はなく、興味津々《きょうみしんしん》といった感じだった。ハイドワーフ族は豪胆《ごうたん》で大らかな性格の者が多いのだろうか。

そう思っていると、ドノバンが大声で俺達が来たことを告げる。

「族長、ガルガン族長。未開発の森林を抜けて、人族がやってきたぞ。人族じゃ」

そんなドノバンの声に、毛皮が何十にも敷かれている石造りのベッドの上に座っていた大柄の男性が、鋭い視線を向けてきた。彼が族長のガルガンだろう。

「人族がここまで何をしに来た？　答え次第ではこのまま帰さんぞ」

流石は族長を務めるだけあって、無暗に歓迎してくれるわけではなさそうだ。

……というか、それが普通だと思うんだけど、ドノバンはお人好《ひとよ》しすぎる気がするよ。

ともかく、俺は代表として一歩前に出て、ガルガンの問いに答える。

「鉱脈を探しにきたんだ。できれば採掘の許可を貰えると嬉しい」

「アブルケル連峰の鉱脈は全て、わし達ハイドワーフ族のものじゃ。誰にも渡さん」

ハイドワーフ族は今まで、この山を守り続けてきたのだろう。

といっても、そもそも山は彼らの所有物ではないし、他のエリアなら採掘できるかもしれないが……そこに鉱脈があるかも、彼らの縄張りがどこまでなのかもわからない以上、ここは言うことを受け入れた方が良さそうだ。

であれば、なんとか交易できるよう、交渉するしかないな。

「無理に持っていこうとは思わない。人族とハイドワーフ族で交易するというのはどうだろう？」

「ふむ、交易か。考えてもいいが、わしらは顔を合わせたばかり。お前達が信頼できるか見極めるために……今日は宴じゃな。宴をすれば、お互いのことを知ることができよう」

宴と聞いて、周囲にいたハイドワーフ達は雄叫びをあげて喜び始めた。

ドノバンが俺の背中をバシバシと叩く。

「よし、宴の準備が始まるまで、俺が洞窟の中を案内してやろう」

随分と急な展開な気もするが、ハイドワーフの生活も気になるので、ドノバンについていくこと

にした。

最初に案内してくれた洞窟の奥には、鍛冶場があった。

ここでミスリルやアダマンタイトが生活用品、ツルハシ、斧などに加工されているようだ。働いているハイドワーフ達は、どの顔も笑顔だ。

「こういう暮らしをどれくらい続けているんだ？」

「俺は知らん。ご先祖様の時代から続いていることだからのう」

ドノバンの答えからすると、ハイドワーフ族の皆は、何の疑いもなく、ご先祖様の仕事を継承してきたのだろう。

しかし、今の生活で満足されていては、交渉の余地がなくなる。

「今の暮らしに何か不都合な点や、不満な点はないか？」

「洞窟で暮らしている分には不満はないのう。鉱石を溶かすのも、鍛冶をするのも好きじゃし、出来上がった品に装飾するのも好きじゃからのう」

「そうか。今の生活に満足しているのか」

どうしたものかと考えていると、ドノバンがハッとして、急に切迫したような顔になる。

「酒じゃ。酒が足りん。わしらは酒が大好きじゃ。毎日のように飲む。朝から夜まで飲む。だから洞窟で作る酒だけでは物足りんのじゃ」

そういえば、ドワーフ族といえば酒好きで有名だったな。それも火酒《かしゅ》と呼ばれる、アルコール度数の高い酒を好んで飲むはずだ。

火酒なら、アルベドさんに頼めば融通《ゆうづう》できるかもしれないな。

酒と鉱石の直接交換でもいいし、一度換金してもいい。

これは交渉の余地がでてきたかもしれないぞ。

俺は心の中で安堵しつつ、洞窟の案内についていく。

のんびりと洞窟の中を歩いていると、青ざめた顔のハイドワーフ族の男性が駆け寄ってきた。

「ドノバン！　キラースパイダーがまた洞窟の奥に巣を張ったみたいで、子供達が捕まったらしい。早く助け出さないと……！」

キラースパイダーとは、Bランクの蜘蛛《くも》の魔獣だ。洞窟の中に巣を張り、口から飛ばした糸で獲物を搦め捕る。その糸は頑強で、鉄の剣や槍では、斬ることができないと言われている。

その報告を聞いたドノバンは顔色を変えると、背負っていた斧を手に取り、洞窟の奥へと走っていく。俺達も何か助けることができないかと思い、ドノバンの後を追った。

洞窟の最奥では、十体以上のキラースパイダーが洞窟の天井に巣を張っていた。よく見れば、子供が五人、糸に巻かれて、天井の巣に絡まっている。

天井は高く、ハイドワーフ族の背丈では届かなそうだ。

しかしドノバンが天井に向かって、斧を振り上げて大声で叫ぶ。

「子供達を返せー！　許さんぞー！」

ドノバンは予想以上のジャンプ力で跳躍《ちょうやく》すると、キラースパイダーの巣を斧で斬った。

そうか、あの斧もミスリルだから切れるのか。

「俺達も援護しよう。ノーラとアマンダは前衛。オラム、セファー、ドリーンは後方支援を頼む」

「「「「わかった！」」」」

俺は足の裏の土を盛り上げて上昇し、キラースパイダーの巣に近づく。

そのまま剣を振るってキラースパイダーの巣を斬ろうとするが、粘り強くて斬れなかった。

ノーラの背中を足場にジャンプして、キラースパイダーの巣を斬ろうとしたアマンダも、巣の糸を斬れずに着地する。

しかし、セファーの《風刃》が糸を斬ることに成功し、ドリーンの《爆炎》も糸を燃やし、キラースパイダーを倒していく。

俺とアマンダがなかなか糸を斬れずにいるのを見て、やってきたハイドワーフの男性が、ミスリルの斧を渡してきた。

「これを使ってくれ！」

斧を受け取った俺は、もう一度、土の上に乗って、キラースパイダーの巣に近づく。

そしてミスリルの斧を振るえば、あっさりと糸が斬れた。そしてキラースパイダーを斧で両断して子供を救う。

ミスリルの斧を手にしたアマンダやドノバンに、他のハイドワーフ達の力も加わり、あっという間にキラースパイダーを全て討伐し、子供達も無事に救出できた。

「手伝ってくれてありがとう。お前達がいなかったら、子供達は殺されていたかもしれん。これでお前達は仲間だ」

そう言って、ドノバンは俺の背中をバシバシと叩く。力が強いので背中が痛い。

……それにしても、ミスリルの斧はすごかったな。あの軽さと切れ味を出せる金属で剣を作ったら、どれほどのものになるだろう。

俺はハイドワーフの青年に斧を返しながら、そんなことを考えていた。


その日の夜は、宣言通りに宴となった。

並ぶ料理は肉、肉、肉だ。

ガルガンが火酒を一気にあおる。

「ガルガン、人族は酒も売っている。ここのミスリルを売ってくれたら、俺達が酒を用意しよう。そういう条件でどうだ？」

「ふん、悪くはないが……まだお前らを信用しきれんな」

「ではどうすれば信じてくれる？」

「今宵は宴だ。わしと酒の勝負をして勝ったら、その交渉に乗ってやろう」

おいおい、ドワーフって酒に強いんだよな？

自分で言うのもなんだけど、俺はけっこう酒に強い。とはいえ、ドワーフに勝てる気はしないんだが……

しかし、ここで断れば交渉は決裂してしまう。

「……わかった。この勝負、受けよう」

「そう言うと思っていた。それでは勝負と行こう！」

俺とガルガンの勝負は白熱し……最後の方はほとんど気合いで飲み続け、何とか勝利することができたのだった。


——ドゴォォオーン！

翌朝、俺は轟音《ごうおん》と衝撃に体を揺すられて目覚めた。

何が起きたんだ？　周りを見渡すと、ハイドワーフ族の者達は誰一人おらず、『進撃の翼』の五人と俺だけが、毛皮をかけられて横になっていた。

アマンダ達も目を覚ましたようで、先ほどの衝撃に警戒しているのか、武器を手に身構える。

——ドゴォォオーン！

また轟音がして、洞窟内が揺れる。

「何が起こっているのか見に行こう」

「その方が良さそうだな。洞窟の奥から聞えてくるようだけど」

オラムを先頭に、洞窟の奥へと進んでいくと、ハイドワーフ達が集まっていた。その中にはドノバンもいる。

「ドノバン、いったい何をしているんだ？　すごい衝撃と轟音だったけど？」

「おう、起きたか。実は硬い岩があって、鉱脈を掘り進めることができなくてな。だから発破《はっぱ》を使ったのじゃ」

「発破って？」

「見てればわかる！」

ハイドワーフ族の男性が、二百メートルほど先の突き当たりで、ツルハシで岩に穴を開けている。その穴に筒状のモノを差し込んで、導火線《どうかせん》らしき紐《ひも》の先に火をつけた。

男性がこちらに戻ってきて、全員が横道に隠れると同時、轟音が響く。

横道から顔を出せば、岩は見事に粉砕《ふんさい》されていた。

あれは……ダイナマイトとかだろうか？ なんでこの世界にあるんだ？

「この発破というのは初めて見たが、ハイドワーフ族の発明品なのか？」

「わしらも知らないんじゃ。先祖様が誰かから作り方を教わったらしいと聞いているだけでな」

昔に俺のような転生者が存在して、その転生者がアレを作ったというわけか。

「作り方はハイドワーフ族だけにしか教えてはイカンと伝わっておる。だからエクト達にも教えられん」

「ああ、無理に教えろとは言わないさ」

後ろを見ると、アマンダ達が興奮して発破の様子を眺めている。あれだけの轟音と衝撃を受ければ、誰でも興味を持つだろう。

「エクト、あの爆発は魔法を超えているぞ。もし発破が手に入ったら、ドラゴンでも一撃で倒せるかもしれないんじゃないか」

「ああ、確かに威力は認める。それだけに、多くの人に知られるのは危険だ。ハイドワーフ族だけの秘伝にしておいた方がいい」

「……そう言われると、確かにそうだな」

俺の言葉に、アマンダはすぐに納得してくれた。

ドノバンはといえば、ご先祖様の秘伝を、俺達に見せることができて嬉しかったらしい。満面の笑みを浮かべている。

どうやらツルハシでも掘っていけるような地質になったらしく、ハイドワーフ達がツルハシを振るう。大した膂力《りょりょく》だ。

しばらく眺めていると、足元に赤黒い鉱石が転がってきた。

これは……

「アダマンタイトの鉱石じゃ。このあたりで採掘されるのは珍しいのう」

ドノバンがそう言って、目を丸くしていた。

俺はアダマンタイトの鉱石を拾い上げると、土魔法でアダマンタイトの成分だけを抽出してみる。

以前鉄鉱石で試した時とは違って、大きさはほとんどそのままだった。

一瞬で表面の汚れが取れ、輝き始めたその鉱石を見て、ドノバンが頷く。

「土魔法でアダマンタイトだけを抽出したのじゃな。見事じゃ。それならわしが、鍛冶場で剣を打って見せてやろう。腕がなるわい」

ドノバンがそう言って意気揚々《いきようよう》と鍛冶場に向かっていくので、俺とアマンダ達もついていった。

鍛冶場に到着すると、すぐに鍛冶が始まる。

正直なところ、俺に鍛冶の良《よ》し悪《あ》しはわからないし、今がどういう工程なのかもわからない。

どうやら元々精錬してあった他の金属と混ぜているようだが、気が付けば、だんだんと剣の形ができてきた。

そうしてしばらく待っていると、完成したようで、ドノバンが大きく息をついた。

「ふう、これで剣は完成じゃ。エクトよ、剣を振ってみるのじゃ」

俺はドノバンから渡されたアダマンタイトの剣を振るう。

「丁度いい重さだし、切れ味も鋭そうだな……こんなにいい剣は初めてだよ」

俺は満足して、ドノバンにアダマンタイトの剣を返した。

「うむ。わしも満足する出来じゃ……そうじゃな、この剣は、記念としてエクトにやろう。ミスリルの鞘も作ってやろうのう」

「いいのか？　それならありがたく貰うよ」

一瞬躊躇《ちゅうちょ》しかけたが、こんなチャンスはそうないだろうと、受け取ることにする。

そんな俺達のやり取りを、後ろの方からアマンダ達が羨ましそうに見ていた。

そしてオラムが俺の隣へやってきて、頬を膨らませる。

「エクトだけずるい。僕達も新しい武器や防具がほしい」

アマンダも俺の腕を掴んで、強引に引っ張る。

「オラムの言う通りだ。私達も新しい武装がほしいぞ」

彼女達を見たドノバンは、「ワハハハ」と笑っている。

「この洞窟にはミスリルの鉱石がたくさんある。せっかくじゃ、わしが皆の武器を作ってやろう」

その言葉を聞いたアマンダ達が抱きついて喜ぶと、ドノバンは顔を真っ赤にしていた。


昼を過ぎる頃には、ドノバンは『進撃の翼』の武装一式を作り終えた。

こんなに早く作れるなんて、ドノバンはかなり優秀な鍛冶師みたいだな。

俺達はやることもないので鍛冶を見ていたのだが、丁度鍛冶が終わる頃に、ガルガンがやってきた。

どうやら二日酔いのようで、顔色が悪い。

「わしが酔い潰れるなど初めてのことだ……どうやらわしの負けだったようだな。お前の言っていた通り、交易をさせてもらおうか」

「ああ、ありがとう。酒の方は、また今度、相手をしてもいいぞ」

「次は負けんからな！」

ガルガンはぐっと力こぶを見せて、ニヤリと笑う。

しかしすぐに、族長らしい、まじめな表情になった。

「それでは交易の内容だが……とりあえず、全員のリュックにミスリルの鉱石を詰め込んでおいた。これで火酒と交換だ。外の酒の相場はわからんが、わしはお前達を信頼しておる。不正のない取り引きになるよう頼むぞ」

「ああ、任せてくれ。アルコール度数の高い酒を持ってくるよ」

俺の言葉にガルガンは笑いながら、手を差し伸べてくる。握ったガルガンの手の平は、優に俺の二倍はあった。

するとドノバンが突然立ち上がり、ガルガンの前に来る。

「族長、わしはここを出るぞい。ろくな旅などしたことはないが、エクト達の村に興味が湧《わ》いた。なあエクト、わしも連れていけ。村で鍛冶仕事でもすれば、火酒代ぐらいは稼げるじゃろう」

途中でこちらに振り向いたドノバンの言葉に、ガルガンも続く。

「わかった、ドノバン。人族の村へ行くことを許す。エクト、ドノバンのことをよろしく頼む」

ガルガンは笑って、ドノバンの背中をバシバシと叩いた。

こちらとしても、ドノバンがボーダに来ることに異論はない……というかありがたい。

鍛冶の腕も凄《すご》いし、バーキンにとってもいい刺激になるはずだ。それになにより、ハイドワーフとの橋渡し的な存在になってくれるだろう。

「ああ、わかったよ。ドノバン、よろしく頼むな」

俺がそう言うと、ドノバンは「それじゃあ準備してくるから待っててくれ！」と言い残して去っていった。

その背中を見送りながら、俺は思わず小さく握り拳を作ったのだった。

第8話　ドノバンとボーダ村

俺と『進撃の翼』の五人は、ドノバンと共に、ハイドワーフ族の洞窟を出て森林へと入っていく。

いつも通り斥候として先行してもらっていたオラムが、しばらく進んだところで戻ってきた。

「このまままっすぐ行くと、タイガーパンサーが三体いるよ。道を変えた方がいいと思うんだけど。なるべく魔獣を回避したいでしょ」

オラムの言う通り、リュックにミスリルの鉱石を詰め込んでいる今は魔獣との戦闘は避けたい。

しかしドノバンはアゴ髭を触って、不思議そうな顔をする。

「タイガーパンサーぐらい一撃じゃろうが。お前達もミスリルの武器を持っているじゃろう。その武器を使えば一撃じゃ」

そう言って、一人で先に歩いて行ってしまった。まるで無警戒だ。

仕方なくドノバンを追うと、タイガーパンサー三体が俺達に気付いて、咆哮《ほうこう》をあげた。

「うるさいわい！」

ドノバンは右手に持っていた斧を、タイガーパンサーへ向かって力いっぱい投擲する。

斧は見事にタイガーパンサーの頭部に命中して、その命を絶った。

ドノバンはリュックからツルハシを取り出して右手に持つ。

一体倒されたことで警戒したようで、タイガーパンサー二体が威嚇《いかく》しながら、俺達の周囲で身構える。

「私が殺《や》る！」

リュックをその場に置いてそう叫んだアマンダが、タイガーパンサーに接近する。

タイガーパンサーが二本の牙《きば》で襲いかかるが、アマンダは攻撃を躱して、ミスリルの両手剣で横薙ぎに一閃した。

以前の剣より鋭い振りで、敵はあっさりと両断された。

「私も殺《や》るわ！」

そう言って、セファーがタイガーパンサーとの距離を詰めると、その眉間《みけん》にミスリルの細剣を突き通した。

「さすがはミスリルの剣だな。軽いし、切れ味も抜群だ」

アマンダは自分の両手剣を見ながら、眩しそうに呟く。

「ええ、まさかここまで綺麗に貫けるとは思っていなかったわ。ミスリルってすごい」

セファーはそう言って、細剣を鞘にしまう。

「だからタイガーパンサーなど一撃だと言ったろう。怯えることなどないわい」

タイガーパンサーの体から、両刃の斧を引き抜きながら、ドノバンが髭を揺らして笑った。

それにしても、勿体ないけどこの死体はここに置いていくしかないかな。

これ以上荷物が増えると、移動速度が一段と落ちて、魔獣と遭遇しやすくなるだろう。

「まあ、ドノバンの言う通り倒せないことはないんだけど、こうやって倒しても、素材や肉を取っていたら移動速度が落ちるだろう？　無意味に殺生《せっしょう》したくもないし、なるべく回避するルートを取るからね」

「エクトがそう言うなら従おう。わしはまだ荷物に余裕があるんじゃがのう」

一番大きなリュックを背負いながら、ドノバンは髭を梳いて言う。

とはいえ、そこまで不満というわけでもなさそうなので、従ってもらえそうだ。

「これからは僕がルートを決めるから、その後を皆で歩いてきてよ」

オラムはニッコリと笑うと、斥候として再び先行していったのだった。


アブルケル連峰の麓を出て、四日が経った。

魔獣が出たら迂回しているとはいえ、一度通った道なので歩きやすく、進行速度は早い。

昼食を済ませてから二時間ほど歩いていると、オラムが急に駆け戻ってきた。

「行きで出会った、グリーンドラゴンのいる場所に近づいているよ。今回は迂回するからね」

「そうした方がいい……かな？　戻ってきたらまた会おうとか言ってたけど、また会って無事な保障もないしね」

そう言ってグリーンドラゴンを回避するルートを取ろうとしたのだが、ドノバンだけはまっすぐにグリーンドラゴンの方へと向かっていった。

「ドノバン、なんでそっちに行くんだ？」

「ここまで来たのじゃ。森神様に挨拶せんと罰《ばち》があたるぞい。まったく、森神様に対して失礼な奴らじゃ」

森神様？　何を言ってるんだ？

俺達が首を傾げている間にも、ドノバンはどんどんとグリーンドラゴンのいる方へと進む。

一人だけ行かせるわけにはいかないので、俺達もドノバンの後を追った。

しばらく歩くと、地面が震動《しんどう》し、少し先の丘が隆起し始める。そしてグリーンドラゴンが姿を現した。

頭の中に、しわがれた声が響く。グリーンドラゴンの念話だ。

〈人族よ。アブルケル連峰の麓まで抜けていけたか。無事にハイドワーフ達とも会えたようだな〉

「ああ、なんとかアブルケル連峰の麓まで行けたよ」

改めて見ても、威圧感の塊だ。人が触れてはいけない生物とは、こういうドラゴンのような魔獣のことを言うのだろう。

そんな俺達を尻目に、ドノバンはニコニコと笑いながら、グリーンドラゴンの口の近くまで進むと、大量のミスリルの鉱石を供えるように置いた。

「森神様、久しぶりですじゃ。ハイドワーフ族のドノバンですじゃ。今日はミスリルの鉱石をお持ちしましたじゃ。どうぞ、お食べになってくださいまし」

〈おお、いつも鉱石を持ってきてくれて感謝する。ありがたくいただこう〉

グリーンドラゴンは大きな口を開けて、ドノバンが置いた大量のミスリルの鉱石を一呑みして、目を細めた。ドノバンはグリーンドラゴンに話し続ける。

「わしもこの人族についていって、村に住むことにしましたじゃ。また森神様に会いにきますじゃ」

〈そうか。ハイドワーフ族としては珍しい。元気で暮らすがよい。また会うのを楽しみにしている——人族よ。ドノバンを頼んだぞ〉

そう言って、グリーンドラゴンは再び丘の姿に戻った。

満足げな顔で戻ってきたドノバンに、俺は声をかける。

「グリーンドラゴンのことを森神様と呼ぶんだな。知らなかったよ」

「優しい森神様じゃ。わしらが森林で狩りをしているのを、見守ってくださっているんじゃ」

なるほど、ハイドワーフ族は森林で魔獣を狩っているって話だから、ドラゴンだが友好的なグリーンドラゴンを森神様と呼んで敬っているのか。

「ああ、わしの持ってきたミスリルの鉱石の半分を、勝手に森神様に渡して悪かったのう。しかし、わしらにとっては大切なことなんじゃ」

「別にドノバンが謝ることではないさ。俺達もこうして森林を歩かせてもらっているから、気にしないでくれ」

「エクトなら、わかってくれると思ったわい」

「さあ、出発しよう」

ドノバンもリュックを背負い直し、俺達はボーダ村を目指して歩き始めた。

グリーンドラゴンとの再会の翌日、俺達は、やっとボーダ村に辿り着いた。

ボーダ村を見たドノバンはニコニコと笑っている。

「外壁が堅固で立派じゃのう。魔獣共は村の中には入ってこられまい。ここがエクトの村か？」

「そうだ。これからドノバンが暮らしていく場所でもある。今日は泊まる所がないから、俺の家に泊まるといい。明日、村の鍛冶師のバーキンに会わせるよ」

「それはありがたい。ハイドワーフ族にとって、鍛冶は生活の一部じゃ。鍛冶をせんと気分がソワソワするでのう」

裏門からボーダ村へ入ると、道を行く人々が俺達を見て、手を振ってくれる。やっと村に戻ってこられたという実感が湧き、心から安堵した。

そうしてまっすぐに俺の家の前まで戻ると、アマンダ達が立ち止まった。

「五人ともお疲れ様。今日はゆっくり休んでくれ。長旅で疲れただろうからな」

「ああ、わかった。今回の遠征は楽しかったぞ。また行こう」

アマンダが俺の肩に手を置いて、優しく微笑む。

「次はもっと僕も活躍するからね。またね」

オラムは俺の腕を手で掴んで、ニッコリと笑った。

「楽しい旅でした。それではまた」

珍しくドリーンがそう言って、真っ赤になった顔を隠すようにフードを深くかぶる。

セファーもノーラも頭を下げて、五人は自分たちの家に向かって行った。

さて、俺達も家に帰るかな。

「ただいま、リンネ」

そう言いながら家に入ると、リンネが深々とお辞儀をして待っていてくれた。俺達が戻ってきたのに気付いていたようだ。久々にリンネに会えて、俺は嬉しくなった。

「お帰りなさいませ。エクト様、お食事にいたしますか？　それとも露天風呂にいたしますか？それと、そちらの方は……？」

そう言って、リンネは首を傾げる。

遠征の間、風呂に入っていないので、俺もドノバンもドロドロだ。これは露天風呂が先だろう。

その前に、ドノバンの紹介がまだだった。

「そうだな、風呂にするかな……そうそう、彼は今回の遠征で世話になった、ハイドワーフ族のドノバンだ。ボーダ村に住むことになったから、明日、鍛冶師のバーキンに会わせるつもりだ。リンネもよろしく頼む」

「ドノバンさんですね。リンネと申します。よろしくお願いいたします」

「ドノバンだ。よろしく頼む……それにしても、この娘はアマンダ達よりも良い香りがするのう」

ドノバンがとんでもないことを言うので、リンネが顔を赤くしてしまった。

アマンダ達は遠征の間、風呂に入っていなかっただけだ。今のを聞いたら、アマンダ達が怒るぞ。

「ドノバン、まずは露天風呂に入るぞ。こっちだ」

「ここには露天風呂があるのか！　わしらの洞窟の奥にも天然の温泉が湧いている場所があったが、

めったに使ったことはなかったわい」

そういえば、ハイドワーフ族の洞窟では、誰も風呂に入っている様子はなかったな。

脱衣所で汚れきった服を脱ぐだけで、随分とさっぱりした。

毛皮を脱いだドノバンの体は、筋肉ダルマのように、ぶ厚い筋肉に覆われている。

風呂に入る前に、体の汚れを落とすために石鹸《せっけん》を渡したのだが、ドノバンは初めて見たようで、見て、触って、匂《にお》いを嗅《か》いで、不思議そうにしていた。

仕方ないので、使い方をレクチャーしつつ、ドノバンの髪を石鹸でゴシゴシと洗ってやる。

「おおー、痒《かゆ》い所に手が届くようだわい。エクトはなかなか器用だのう」

「アゴ髭と体は自分で洗ってくれよ。男の体を洗う趣味は俺にはないからな」

体をよく洗って、露天風呂へ入る。

久々の温泉は気持ちよく、疲れが流れ出て行くようだった。

ドノバンはといえば青空をじーっと見上げていた。

「そんなに青空が珍しいのか？」

「ああ。わしらは洞窟の中で暮らしておった。森林に狩りに出ても、大きな立ち木で覆われている。近くに山も木もない広々とした青空を、ノンビリと眺めたことなどなかったわい。青空とはこんなに気持ちが良いものなのじゃな」

「そうだな。澄んだ青空は気持ちがいいな」

「これを見られただけでも、洞窟を出て良かったわい。ワハハハ」

随分と長い間、俺とドノバンは露天風呂を楽しんで、脱衣所へ出た。

するとドノバンの毛皮がなくなっており、新しい服が用意されていた。リンネがドノバンの服を用意してくれたようだ。

俺が服を着ている姿を見ながら、ドノバンも服を着ていく。ドノバンの服のサイズはぴったりだった。

リビングに戻ると、リンネの他に『進撃の翼』の五人もソファーに座っていた。ドノバンの服装を見て、オラムが大笑いをしている。

「ドノバン、その服装、似合ってるよ。これで村の住人だね」

「私は毛皮の方が好きだっただ」

オラムの意見に反して、ノーラは意外にも、毛皮姿のドノバンの方が良かったらしい。

というか、彼女達は何の用でここに来たんだろうか？

「五人共、何しに来たんだ？　さっき別れたばかりだろう？」

「露天風呂に入らせてもらいたいと思ってな。やはり遠征の途中から露天風呂が恋しかったんだよ。公衆浴場でもいいが、私達は汚れがひどいし、こちらの方がのんびりできるからな」

「僕もピカピカになるんだから！」

アマンダもオラムもやはり年頃の女子というわけか。

アマンダ達はソファーから立ち上がると、ワイワイと雑談しながら、露天風呂へ向かっていった。

リンネも立ち上がり、ドノバンに向かってお辞儀をする。

「ドノバンさん、それではお部屋へ案内いたします。お部屋でごゆっくりしてください。夕食になりましたら、呼びに参りますので」

「ふむ、そうさせてもらおうかのう。露天風呂のおかげか、少し眠いしのう。エクト、また後で会おう」

「ああ、またな」

リンネに案内されて、ドノバンは二階の客室へと向かう。

俺も用意されていたお茶を飲んでから、自室に戻ってベッドの上に大の字になる。

やっと自分のベッドで眠ることができる。それだけで幸せだ。そのまま目を瞑ると、意識が落ちていった。

ふと、唇に優しい柔らかい感触があって目を開けると、リンネの顔が間近にあった。もう鼻と鼻が触れ合っている。

リンネが優しい瞳で、俺をじーっと見つめていた。リンネの瞳はとてもきれいだな。

「遠征、お疲れ様でした。とても心配していました。お体は大丈夫ですか?」

「今、胸がドキドキしている以外は、体は大丈夫だよ」

俺の言葉を聞いて、リンネの頬が赤く染まる。

「今回の遠征では、どのようなことがあったんですか?　聞かせてください」

「色々とあったな。それじゃあ、少しだけ話をしよう」

俺はベッドに横になったまま、夕飯の準備を始める時間になるまで、今回の遠征の話をリンネに話して聞かせたのだった。

遠征から戻った次の日、俺はドノバンをバーキンの鍛冶工房まで案内した。

鍛冶工房に入ると、煤《すす》だらけの顔でバーキンが出てきて、にっこりと笑う。

ドノバンが不思議そうにバーキンを見ている。俺はバーキンの頭を撫《な》でた。

「ボーダ村で唯一の鍛冶師、バーキンだ。両親が鍛冶師で後を継いでいる」

「そうか、わしはハイドワーフ族のドノバンだ、鍛冶師をしておる」

バーキンはドノバンが鍛冶師と聞いて、目をキラキラと輝かせる。

「ハイドワーフの鍛冶師！　あの、おいらに鍛冶を教えてくれませんか？　おいら、もっと鍛冶を上手くなりたいんです」

ドノバンはバーキンの言葉を聞いて、嬉しそうに目を細める。

「鍛冶師は実践と経験が命じゃ。これからビシビシと教えてやるからのう。楽しみにしておれ。エクト、わしはバーキンと一緒にここで暮らす。鍛冶場と炉が近くにあった方が落ち着くでのう」

随分と急だな。バーキンがそれで良ければ、俺が文句を言うこともないが……と思ってバーキンを見ると、少し嬉しそうにしていた。

「おいらは一人暮らしですから、ドノバンさんが一緒に暮らしてくれたら楽しいと思います」

そう言って、バーキンは目を輝かせる。

これでドノバンの暮らす家が見つかったな。

とりあえずドノバンの行き先が決まったところで、俺はアマンダ達『進撃の翼』に声をかけてから、カイエの商店へと向かった。

カイエは忙しそうに働いていたが、俺の顔を見ると、嬉しそうに駆けてきた。

「昨日遠征から戻ってきたって話は知ってるにゃ、お金の匂いがするにゃー。何を持って帰ってきたにゃ？　それに、そちらの方は……？」

さすがはカイエ、金の匂いには敏感だ。

「彼はドノバン、これから村に住むことになったからよろしく頼むよ。それで、今回持ち帰ったのはこれだ。皆、リュックの中身を全部出して、カイエに見せてやってくれ」

店のカウンターの上に、大量のミスリルの鉱石が積み上がる。

それを見たカイエは目を丸くして、尻尾《しっぽ》を左右に激しく振った。

「にゃ！　にゃんとー！　ミスリルの鉱石にゃー！」

「そうだ。これが遠征の土産《みやげ》だ。もちろん買い取ってもらえるよな？」

「も、もちろんですにゃー！　どのあたりで鉱脈を発見したのか、教えてほしいにゃー！」

「それは秘密。誰にも教えない。これからは定期的に鉱石を持ってくるから、その時は全部、カイエの店で引き取ってくれ」

この店で買い取ってもらえれば、村の外から金が入ってくる。カイエの主人であるアルベドは信用できるし、彼にならミスリルの鉱石を売ってもいいだろう。

カイエは店の奥へ行くと、重そうな革袋を持って、カウンターに戻ってきた。

「今店にあるお金はこれだけだにゃ。とても全部の鉱石を買い取ることはできないにゃ。それに、これだけの商売となると、アルベド様に報告しないといけないにゃ」

「わかった。それじゃあ今回は、カイエが買えるだけ買ってくれればいい。そしてアルベドに知らせてくれ。ミスリルの鉱石を売りたいことと、火酒を大量に買いたいことを伝えてほしい」

「はいですにゃ。あとのミスリルの鉱石はどうされるのかにゃ？」

「ドノバンは鍛冶師だから、狩人部隊の武装を作ってもらうことにするよ」

狩人部隊は村を守護する重要な役割がある。ミスリルの装備を持たせることで、強化した方が良いだろう。

ドノバンは嬉しそうに、俺とカイエの話を聞いている。

「火酒を飲ませてくれるなら、いくらでも鍛冶をするぞい。任せておけ……ここには置いてないのか？」

カイエはそれを聞いて、店の奥へ行くと、強そうな酒を何本もカウンターへ置いた。

「今、この店にある、アルコール度数の高い酒ですにゃ。お代はミスリル鉱石の買い取りから引いておきますにゃ」

ドノバンは楽しそうに、リュックの中に酒瓶《さかびん》を詰めていく。一人用だよな？　いったいどれだけ酒を飲むつもりなんだろう。多すぎないか。

カイエが買い取る分だけをカウンターに残し、残りのミスリルの鉱石はリュックの中に戻して、俺達はバーキンの鍛冶工房へ向かうことにした。

大量のミスリルの鉱石が売れ残ったが、ドノバンは気にしていない。

「酒が飲める。鍛冶ができる。最高じゃ」

この分だと、狩人部隊の武具は、バーキンとドノバンに任せておけばいいだろう。

「それならよかったよ。それで、武器の方は問題なさそうか？」

「ふーむ。弓をミスリルで作っても、弦《つる》の方を強くしないと意味がないのう。キラースパイダーの糸があれば良かったんじゃが」

確かに、あの糸なら強化した弓にぴったりだろう。次にハイドワーフ族の洞窟へ行った時に、大量に持って帰ってくるようにしようかな。

そんなことを考えていると、オラムがチョコチョコと近寄ってきた。そしてポケットから一束の糸を取り出して見せる。

「へへー。珍しい糸だったから、持って帰ってきちゃった。ドノバンが必要なら、これあげるよー」

「これを貰っていいのか？　オラムが大事に持って帰ってきたのだろう？」

「これでセファーの弓を強くしてあげてよ。僕はそれでいいよ」

そういえば、セファーは細剣をミスリルにしたが、弓の強化はまだだったっけ。

俺はオラムの頭を撫でて、糸を渡してもらった。

「ありがとう。それじゃあ、セファーの弓から強くしてもらおうか。ドノバン、頼んだ」

「キラースパイダーの糸さえあれば大丈夫じゃ。任せておけ」

セファーがオラムに近寄り、優しくオラムを抱きしめる。

「オラム、私のためにありがとう。大事にするからね」

「へへへ！　セファーに抱きしめられちゃった！」

バーキンの鍛冶工房に着いた俺達は、ミスリルの鉱石を全て置いておく。

こんな高級品、ポンと置いておけるものではないが、ボーダ村には盗人《ぬすっと》はいない。

それになにより、ここにはドノバンが住むことになるのだ。何か問題があっても、ドノバンが解決してしまうだろう。

「ドノバン、今日はお前の歓迎会をするぞ。酒もガンガン飲めるから楽しみにしておいてくれ」

「それは楽しみだのう。夜になったら、エクトと酒で勝負じゃ」

あまり深酒はしたくないが、今日はドノバンを歓迎するための宴だし、まあいいか。

「それじゃあ、夜に広場で会おう！」

俺と『進撃の翼』の五人も、バーキンの鍛冶工房を出てから、家へと戻る。

家に近づくと、リンネが玄関から顔を出して、俺の帰りを待っていた。

第9話　アルベドとミスリル

冬も真っ盛りとなり、ボーダ村にも雪が降る季節が訪れた。森林は比較的温暖だが、それでも雪が降らないわけじゃない。

冷たい雪が降りしきる中を、アルベドの商団がボーダ村へやってきた。

アルベド商団が来たという報せを受けた俺は、リンネと一緒にカイエの店の前で、アルベドと久々に再会した。

「カイエの手紙で知りましたが、今回はミスリルの鉱石を手に入れられたそうですね。大きな取り引きができそうで、私も楽しみにして来ました」

「上手くいけば、大きな取り引きになると思う。上手くいけばだけどね」

「もちろん、勉強させていただきます。ただその分、ミスリルの鉱石については、私と独占的に取り引きしていただければ嬉しいです」

アルベドの表情は柔らかいが、瞳の奥が鋭くなっている。流石はベテラン商人だな。

しかしボーダ村の商店はカイエの店しかなく、競争相手もいない。俺が懇意にしている商人もアルベドだけだ。

だから、そこまで気合を入れなくてもいいと思うのだが。

「ミスリルの鉱脈はどこにあるのですか？　秘密にいたしますので教えていただきたいです」

うーん、アルベドになら、話してもいいかな？

「一応、誰にも言わないでほしいんだが、アブルケル連峰にあるんだよ」

「なるほど……それでは、普通の者では、鉱石を採りに行くこともできませんね。熟練《じゅくれん》の冒険者でも雇えば別ですが……危険すぎます」

アルベドは、納得したように頷いた。

そうは言ったが、実は今、ボーダ村からハイドワーフ族の洞窟までの、秘密の通路を作っている。裏門の近くから、地下十メートルほどの所に通路を掘っているのだが、これが出来上がれば、森林を抜けなくてもアブルケル連峰まで行くことができる。

この件については、俺の他にはリンネしか知らない。まだ『進撃の翼』の五人にも話していないのだ。毎日、少しずつ時間を取って、俺一人で作業していた。

「ミスリルの鉱脈の場所を知っているのは、俺と『進撃の翼』の五人だけだ。そして、ミスリルの鉱石を持ち帰ることができるのも、俺達だけだ。だから、すぐには大きな取り引きはできないと思っておいてくれ」

「それでも問題ありません。たとえ少量でも、大きな取り引きといえるでしょう」

アルベドは実に良い笑顔だ。

「詳しいことはカイエの店に入ってから、ゆっくりと聞きたいですね」

「わかった。説明できる部分だけで良ければ、話そう」

「はい、よろしくお願いいたします」

アルベドと俺とリンネの三人だけで店の奥にある個室に入る。

アルベドに話すのは、次のことだけだ。

アブルケル連峰にはハイドワーフ族が住んでおり、ミスリルの鉱脈は彼らが握っているということ。そして、彼らがミスリルの対価として求めているのは、火酒であるということ。

アルベドは目を丸くして聞いていたが、やがて落ち着いて、俺の説明に頷いていた。

「ドワーフ族が飲んでいる火酒を大量に購入して、ボーダ村へ運んできましょう。火酒の値段は勉強させていただきます」

「ああ、それで頼む。それから、ミスリルの鉱石を採りに行くには、森林を抜けなければならない。運搬の危険度が高いことも鑑《かんが》みて、ポーションの値段を低くしてもらえると助かる」

森林に入る度にポーションを購入していれば、それだけ支出も増える。しかし、ポーションなしで森林を抜けるのは困難だ。

アルベドも、その点については納得してくれたようで、大きく頷いていた。

「そうですね。ミスリル鉱石の運搬費用も私が支払いますし、ポーションの値段も低くいたしましょう。その代わり、この話は他の商人にはしないようにしていただけますか？」

「俺の知っている商人はアルベドだけだし、信頼している商人もアルベドだけだ。だから他の商人に取り引きをもちかけないと約束しよう」

アルベドは俺の言葉を聞いて、安心したように微笑んでいる。

「簡単な証書でいいので、契約書を取り交わしたいのですが」

契約書を取り交わしてもいいが、俺は父上である辺境伯の命令で領主をしているだけだ。

「俺はあくまでも辺境伯からこの地を与えられた身だ。辺境伯への相談なしに、領主としてサインすることはできないぞ」

「いえ。この契約は、領主としての契約ではなく、私とエクト様との個人的な契約として交わしてくだされればいいのです」

なるほど、俺との個人的契約であれば、辺境伯と交渉する必要もないか。

「わかった。契約を交わそう。ただ、ミスリルはできるだけ、分散して売りさばいてくれ。うるさいのに見つかると厄介なことになるからな」

「心得ております。私も厄介事は嫌ですからね」

途中から紙とペンを取り出し、何かを書いていたリンネが、その紙を俺とアルベドの間に置いた。

どうやら契約書の書面のようだが……そんなもの書いていたのか。

「アルベド様とエクト様の契約内容です。簡単にですが書かせていただきました。これでよろしいでしょうか？」

アルベドが書面を手に取り、内容を確認して頷いている。

俺も書面の内容を確認するが、これなら問題ないだろう。

アルベドと俺は互いに契約書にサインし、アルベドは満足そうな笑みを浮かべる。

「良い取り引きをさせていただきました。これからもよろしくお願いいたします」

「ああ、これからもよろしく頼んだよ」

俺とアルベドは笑顔で、固い握手を交わした。


ボーダ村の裏門の近くから、アブルケル連峰へ通じる地下道を掘り始めて二ヵ月が経った。

あれからある程度作業の目途が立ったところで、『進撃の翼』の五人やドノバンにも通路を作っていることは説明してある。

基本的には下水道を作った時と同じ方法だが、今回はけっこう広めの通路にした。

五百メートルおきに、地上に繋がる通気口を作って、換気をよくしている。

光源については、森林に自生する光苔《ひかりごけ》というものを採取して、壁に植えることで解決した。

どうしても暗ければ、松明を使えばいいだけだしな。

この地下道は、グリーンドラゴンのいた場所の近くを通っていることもあり、そのあたりに外に出る階段も作っておいた。

これはドノバンがグリーンドラゴンにミスリル鉱石を捧《ささ》げやすくするためだ。

さらに、間に三カ所ほど、休憩所を設けてある。疲れた時や、仮眠を取りたい時に使える場所だ。荷物を保管しておくこともできる。

そんなわけで、直線距離にしておよそ五十キロの通路が、つい先日、無事に完成した。

そして今日は、最後の点検がてら、皆で地下道を歩いて、アブルケル連峰へ向かっている。

俺と『進撃の翼』の五人のリュックには、火酒の瓶がこれでもかと詰められていた。これだけあれば、相当量のミスリルと交換してもらえるだろう。

ドノバンはリュックから火酒を取り出し、ラッパ飲みして顔を赤くしている。

ハイドワーフ族の洞窟に到着するまでに、飲みすぎなければいいんだけど。ドノバンはマイペースだからちょっと心配だな。

ともかくこれで、少し気合いを入れて走れば、一日かからずにアブルケル連峰の麓まで行けるようになったのだ。

階段を上っていくと、日差しが眩しい。

そのまま崖を登って、ハイドワーフ族の洞窟に到着する。

ドノバンの先導で洞窟の中を進んでいき、大広間に進むと、俺達に気付いたガルガンが歓迎してくれた。

「ガルガン、約束通り火酒を持ってきたぞ。大量にあるから安心してくれ」

「おお、待っておったぞ。これで酒に困ることがない。これで毎晩、火酒が飲めるぞ」

ガルガンの目が輝いている。やはり酒には目がないようだ。

リュックから火酒を取り出して並べていくと、ハイドワーフ達が集まってくる。

皆飲みたそうにしているし、これだとあっという間になくなりそうだな。

「火酒は定期的に持ってくる。これは約束だからな。その代わり、ミスリルの鉱石を忘れないでくれよ」

「ああ、わかっておる。二ヵ月分貯まっているからな、持ち帰れる分だけ、持っていけばいい」

ガルガンが命じると、大量のミスリルの鉱石が運ばれてきた。

俺達は火酒を降ろして、空になったリュックにミスリルの鉱石を詰め込んでいく。

ガルガンがドノバンに声をかけた。

「人族の中の暮らしはどうだ？　ここよりも快適か？」

「肉は美味いし、料理も美味い。そのうえ弟子もできた。人族の皆も優しく、生活は快適そのものじゃ。鍛治をすれば金も貰えるしのう。火酒も毎日のように飲める」

「それほど人族との暮らしは快適なのか。今度は是非、わしも人族の村に行ってみたいものだ。エクト、近々見学に行かせてもらうぞ」

「ああ、歓迎するよ。ドノバンみたいに移住したいって人も大歓迎だ」

ハイドワーフ族の若者達が興味を持ったように、俺達を見ている。ガルガンも興味津々だ。

「そうそう、俺達のボーダ村から、このアブルケル連峰へ通じる地下道を作ったんだ。これで森林を通らなくて済むようになったから、安心してボーダ村に来てくれ」

「わかった。気が向いたら、地下道を使わせてもらおう」

ガルガンと話をしていると、オラムが俺の袖を引っ張った。何か言いたそうにしている。

「エクト、キラースパイダーの糸の話をしていないよ」

「あ、そうか。ありがとう、オラム」

すっかり忘れていた。俺はガルガンに向き直る。

「ガルガン、頼みがある。これからキラースパイダーを討伐した時は、糸を取っておいてもらえないか？　その分だけの火酒も持ってくるから」

「キラースパイダーの糸か。我々もそれなりに使うが、余ったものが出れば取っておこう」

「よろしく頼むよ」

これで弓の弦を強化することができる。オラムは嬉しそうに、セファーの元へ走っていった。ガルガンは俺を見て、大声で笑う。

「今日は楽しい一日となった。夜には宴をするぞ。エクト達は、今夜は泊まっていけ。一緒に宴を楽しもう。今日はエクトには負けないからな」

「わかった。今日は泊まらせてもらうよ。よろしく頼む」

これじゃあ、持ってきた火酒は一日でなくなりそうだな。

◇◇◇

私、ファルスフォード王国宰相《さいしょう》のアルフォンス・グランヴィルは、自室で報告書に目を通しつつ、頭を悩ませていた。

最近、王都ファルス内でのミスリルの流通量が多くなったように思っていたが、部下にまとめさせた報告書によると真実のようだ。

上手く流通経路を散らばらせて、流通量がわからないように工夫されているが、どの経路を辿っても、最終的なミスリルの出所は、アルベド商会に繋がっていることまで判明した。

これはアルベド商会が、ミスリルの鉱脈を掘り当てた誰かと独占契約をしていることを意味する。

「アルベド商会が最近、頻繁に出入りしている領土は……グレンリード辺境伯の所か。だが、辺境伯からはミスリルの鉱脈を発見したという報告はあがっていない。これはどういうことだ？」

ミスリルの鉱脈が発見されれば、王家から功績を称《たた》えられるほどの大発見になる。わざわざ隠しておく必要などない。それに、大々的に宣伝した方が、独占するより経済効果は大きいはずだ。

これは王陛下に報告するべきだろうか？

今のところ、国益の損失はなく、経済活動の活性化という点では恩恵の方が大きい。

そんなことを考えつつ、報告書にさらに目を通す。

アルベド商会はグレンリード辺境伯の領土を点々と回って商売しているが、最近は、西端のボーダ村に行く頻度が増えたそうだ。

ボーダ村はアブルケル連峰と我が国の間に広がる大森林を開拓するために作られたが、開拓が止まってしまい、そのまま廃《すた》れていった、三方を森林に囲まれた村だったはず。

しかしその開拓が進み、ミスリルの鉱脈が発見されたとしても不思議ではない。

となると、ボーダ村かその一帯の領主が、グレンリード辺境伯へ報告していない可能性があるが……なぜ報告していないのか？

ミスリルの鉱脈が発見されたことを報告すれば、辺境伯から功績を認められるはずだ。

この件には裏がある。私の勘がそうささやく。

すると、孫娘のリリアーヌが、部屋の扉をノックして入ってきた。

「おじい様、夜更《よふ》けだというのに、今夜も難しい顔をしていらっしゃいますのね」

「リリアーヌか。まだ寝ていなかったのか？　眠れないのかな？」

「眠れないのはおじい様の方でしょう」

リリアーヌは美しい顔を近づけてくる。少々お転婆《てんば》なところもあるが、私の可愛い孫娘だ。

「宰相ともなると、頭の痛い問題もあるんだよ。特に今回の件は少し難しい案件でね」

「私で良ければお話しくださいませ。もちろん他言はいたしませんわ。私も、おじい様のお役に立ちたいですもの」

リリアーヌは聡明《そうめい》な子だ。他者と話していて良い知恵が浮かぶこともあるし、機密情報というわけでもない。少し話してみるのもいいだろう。

私はリリアーヌにミスリルの流通量の件と推測を、かいつまんで説明した。リリアーヌは真剣な顔で頷いている。

「――おじい様の言われる通り、ボーダ村が怪しいですわ。一度、ボーダ村を調査された方が良いと思います」

「ああ。しかし調査するためには、辺境伯の許可が必要となる。そうなれば事が公《おおやけ》になり、ボーダ村からミスリルの流通がなくなる可能性もある。そのような手は取りたくないのだ」

「……わかりました。ですが、おじい様の懸念《けねん》を解決する方法がありますわ。私がボーダ村にお忍びで行けばいいのです！」

その言葉を聞いて、私はリリアーヌに話したことは失敗だったと気付いた。

彼女は利発だが、行動的すぎる部分があるのだ。話を聞かせれば、こういう展開になることは読めていたはずなのに。

「リリアーヌ、お前がボーダ村へ行く必要はない。そのようなことはしなくて良い」

リリアーヌは今にもボーダ村に出発しそうなぐらいに興奮している。このままでは勝手に調査をしに行きかねない。

「いえ、おじい様。私、決めましたわ。ボーダ村へ参ります。私が調査しやすいように、おじい様は準備を整えてくださいませ！」

こうなったら、リリアーヌは頑固だ。私の説得では言うことを聞かないだろう。違う意味で頭が痛くなってきた。

かといって、他に名案があるわけでもないのだ。

こうなったら、リリアーヌに全てを任せてしまった方が良いかもしれない。

「……わかった。至急に手配させよう。ボーダ村は辺境の僻地の村だ。王都ファルスのような贅沢はできなくなるよ。それでも行くかい？」

「ボーダ村が私を呼んでいますわ。私の勘は当たりますの！」

「そこまで言うなら、私も止めはしない。思うままに調査してきなさい」

これでリリアーヌが真実を見極めてきてくれるだろう。

それまで私は大人しく待つことにしよう。

第10話　子爵の視察？

「エクト様、グレンリード辺境伯領に隣接している、隣領のアドバンス子爵の使者から書状が届きました。ご覧になられますか？」

リンネが不思議そうにしながら、俺の仕事部屋に封書を持ってくる。

アドバンス子爵から書状を貰うようなことをした記憶はないし、そもそもアドバンス子爵とは面識がない。いったい、どのような用件なのだろう。

「後で読むから、机の上に置いておいて」

「わかりました」

リンネは丁寧に机の上に封書を置く。封書には封蝋《ふうろう》が施されていた。

一息ついたところで、封書を読むことにする。

書状の内容を読むと、俺がグレンリード辺境伯の三男であることを知っているようだった。

辺境伯の三男が土魔法士であることは、領都でもかなり広まっていたから耳に届いていてもおかしくない。ただ、家のメンツを守りたい父上が、俺を家から追放して辺境に追いやったなどと、他の貴族に言うだろうか？

そう考えると、何かしらの方法で情報を得たんだろうな。

手紙の本題は、俺が領主になって以降のボーダ村の発展を喜ぶと共に、発展した村を娘と一緒に見学したいというお願いだった。

しかも、辺境伯と俺との関係を考慮して、内密での訪問を希望すると書かれている。

辺境伯に話を通さないのはありがたいが、ただ村の発展ぶりを見るだけならば、子爵本人が来る必要はない。

となると、おそらく、ミスリルの流通の変化に気が付き、アルベドの商会から辿ってボーダ村を疑っているのだろう。

そういえば、辺境伯の方からは何もアクションがないけど、気付いていないのか、それとも気付いた上で放置しているのか、どちらだろうか。まあ、もし気付いていたら何かしら連絡してくるか。

そう考えると、辺境伯でも気付かないミスリルの流れを察したであろう子爵は、なかなかの切れ者ではなかろうか。

ミスリルのほとんどは俺の家の地下の保管庫に隠してあるし、ミスリルの出所がバレることもないはず。

アドバンス子爵に見学に来られて困ることはないし、むしろ友好関係を結びたいくらいだ。

『ボーダ村一同、アドバンス子爵が来られるのを歓迎する』と書面にしたため、封筒に入れてリンネに渡す。

リンネから封筒を預かったアドバンス子爵の使者は、丁寧に一礼をすると、ボーダ村から去っていった。

冬の寒さが厳しくなって、街道には雪が積もっている。アドバンス子爵が来訪されるのは、早くても来年の春だろう。


それから一ヵ月ほど経ったある日、黒い馬車と護衛らしき騎馬達がボーダ村へ向かってくるのを、外壁の上で警備にあたっていた狩人部隊が発見した。

普段、ここまで来るのはアルベドの商団くらいだが、今回の馬車は見覚えがないということで、連絡を受けた俺は、外壁に上がって観察する。

門の前に馬車が停まり、護衛らしき人物が名乗りを上げた。

「こちらはアドバンス子爵領からやってきた者だ！　門を開けていただきたい！」

アドバンス子爵領から？　まさかもう来たのか？

そう思いつつ、狩人部隊隊長のエドに指示を出して門を開けさせていると、Dランクの狼《おおかみ》の魔獣、ダイヤウルフが数匹、街道の奥から迫ってきているのが見えた。

まずいな、馬車の周りの騎馬は気付いていないみたいだし、門を開ききるのとダイヤウルフが接近するのと、どちらが早いか微妙なところだ。

ここはダイヤウルフが完全に近づく前に、狩人部隊に殲滅させよう。

「ダイヤウルフを射殺せ！」

エドの指令で、狩人部隊が矢を放つ。

馬車に近づこうとしていたダイヤウルフ達は、あえなく絶命した。

俺はそのまま地上に戻り、黒い馬車を出迎える。

馬車と騎馬が門の中に入ったところで、馬車の扉が開いた。

出てきたのは、優しそうな風貌《ふうぼう》の、痩身《そうしん》の金髪イケメン男性と、利発そうな、少し目尻の吊り上がった金髪美少女だった。

身なりも綺麗だし、書状にあったアドバンス子爵とその娘だろう。

まさかこんなに早く来るとは思わなかった。

俺は二人の前で、深くお辞儀をする。

「ボーダ村の領主を任されております、エクトと申します」

「私はアドバンス子爵、そしてこちらが娘のリリアーヌだ。先ほどはダイヤウルフの討伐、ありがとう。兵達は気付いていなかったようだし、あのままだと怪我人が出ていたかもしれない、礼を言うよ。書状に書いてあったように、視察の件、よろしく頼みたい」

「とんでもございません、ご無事で何よりです。このような辺境の村へ視察に来ていただいて、ありがとうございます。何もない村ですが、ごゆっくりなさってください」

アドバンス子爵は人好きのする微笑みを浮かべ、大きく頷いた。

一方で、娘のリリアーヌはどこか警戒しているように、鋭い視線で周囲を見回している。

「この外壁は何？　こんな立派な外壁がある村なんて見たことがないわ」

「このボーダ村は、三方を未開発の森林に覆われています。いつ、どこから魔獣に襲われるとも限りません。ですから、外壁を高くして、防御しているのです」

「理屈はわかるけど、随分と立派よね。それと、外壁から矢を放ったのは兵士達？　村が兵士を持っているなんて聞いたことがないわ。いったいどういうこと？」

「彼らは普段は狩人です。交代制で外壁に登り、魔獣から村を守ってくれています」

「狩人の割には、武具、防具もしっかり揃っているのね。兵士と見間違えたわよ」

リリアーヌはそう言って、口を一文字《いちもんじ》に結んだ。

確かに狩人部隊は兵士としても機能しているし、間違えられても仕方がない。

「お二人とも、まずは我が家で休憩されてから、村を見学されてはいかがでしょうか？」

「ああ、そうだね」

「そうさせてもらうわ。この村って、何か変よね？　見学して、見回るのが楽しみだわ」

アドバンス子爵とリリアーヌは黒塗りの馬車に乗り込んで、警備の兵と共に、俺の家を目指して進み始めた。

この村には、宿屋はない。そもそも人が来ることがないし、たまに来るアルベド達は商店の客間に泊まっているからな。

とりあえず、アドバンス子爵とリリアーヌは俺の家に泊まってもらうとして、警備の騎馬——兵士達は狩人部隊の駐屯地で寝泊まりしてもらうことにしよう。

そんなことをアドバンス子爵と話しているうちにすぐに家に着き、アドバンス子爵とリリアーヌが馬車から降りる。

家の前では、リンネが深くお辞儀をして出迎えてくれた。

「リンネ、こちらはアドバンス子爵とリリアーヌ様だ。今日はお二人には、うちに泊まっていただこうと思う」

「はじめまして、リンネと申します。この家はエクト様と私しか住んでおりません。行き届かないところもあると思いますが、何なりと申し付けてください」

リリアーヌがリンネをじーっと見つめ、自分のアゴに指を持っていく。

「あなた達、婚約しているのかしら？　年頃の男女が同じ家に二人で住んでいるなんて変よ。あなた達二人の関係は何？」

婚約という言葉を聞いて、リンネも俺も焦ってしまう。リンネの顔はリンゴのように真っ赤だ。

「私とエクト様は、ただの主従関係です。婚約なんてとんでもない。私はメイド兼秘書として働いています。それだけです」

「ふーん、まあ、いいわ！　これからはお世話になるわね！　よろしくね！」

そう言って、リリアーヌは自分の荷物を持って、スタスタと俺の家の中へ入っていく。リンネがその後を追う。アドバンス子爵は申し訳なさそうな顔をしていた。

「娘が面倒をかけて申し訳ない。利発で頭の回転もいいのだが、無遠慮《ぶえんりょ》なところがあってね。どうか許してほしい」

「別に構いませんよ。リリアーヌ様は俺達と同じ年頃のようですし、仲良くなれたらいいなと思っています」

「そう言ってもらえて安心したよ。よろしく頼む」

馬車の警備についていた兵士達は、エドに命じて駐屯地へ連れていってもらった。

俺とアドバンス子爵も少し遅れて家の中へ入る。

先に家に入ったリリアーヌはリビングのソファーに座って、家の中を興味深そうに観察していた。

リンネがふわりとした優しい笑顔でリリアーヌに語りかける。

「この家の自慢は露天風呂があることです。リリアーヌ様も長旅で疲れたことでしょう。是非入って、ゆっくりしてくださいませ」

「露天風呂！　この家には温泉があるの？」

リリアーヌは思わず喜びの声をあげる。やはり女子は露天風呂が好きらしい。

「はい。ですから、ゆっくりとリラックスしてくださいませ。荷物は後ほど客室へ運んでおきますので、まずは露天風呂の方に案内いたしますね」

リンネはリリアーヌを連れて、露天風呂の脱衣所へ向かって歩いていった。

ちらりと横を見れば、アドバンス子爵も露天風呂と聞いてソワソワしている。興味があるようだ。

「よろしかったら、夕食が終わってから、露天風呂へ案内いたしましょう。いったん客室に案内させていただきますが、この家では自由に行動してください」

「ご厚意、感謝する。それでは客室でリラックスさせてもらうよ」

二階の客室に案内すると、アドバンス子爵はソファーに座り込み、目を瞑る。俺はそっと客室の扉を閉めて、一階のリビングへ戻った。

その日の夕食は、リンネが腕を振るったおかげで堪能してもらえたようだ。その後、アドバンス子爵も露天風呂に入れて満足げな様子だった。


アドバンス子爵達が到着した次の日、俺は二人に村を案内していた。

まずは、『進撃の翼』の五人を紹介する。

彼女達がボーダ村唯一の冒険者だと聞いて、アドバンス子爵とリリアーヌは驚いていた。こんな辺境の危険な地域だから、もっとたくさんの冒険者がいると思っていたのだろう。

続いて、カイエの商店に案内する。その品揃えの多さに、二人は再び目を丸くしていた。確かにここ最近、アルベドの気合いが入っているのか、商品の品揃えが今まで以上に良くなっているんだよな。

それから、バーキンとドノバンの鍛冶工房、教会、公衆浴場、農民達が耕している畑、狩人部隊の駐屯地を案内した。

これでボーダ村の全体を案内したことになる。

しかし家に戻ったリリアーヌは、どこかつまらなそうな顔をしていた。

「村の外壁と、公衆浴場と、狩人部隊の装備以外は、普通の村と同じなのね。もっと色々あると思っていたのだけど、拍子抜けね」

「ただの村ですからね。そんなに珍しいモノはないですよ。まだまだ発展途上です」

「そうかしら。それにしては、狩人部隊の武装が豪華よね。全部ミスリル製の武具一式で統一されている部隊なんて、ここでしか見たことがないわ」

「狩人部隊は未開発の森林へ狩りに出ますから、装備を充実させておく必要があるんですよ。ミスリルだって、兵士の武装に使える分くらいが、たまたま見つかっただけですし」

確かに武具一式がミスリルなのは過剰防衛《かじょうぼうえい》な気もするが、未開発の森林にいる魔獣達は強い。大怪我を負うよりはマシだ。

するとリリアーヌが目を輝かせて、俺の方を見てくる。嫌な予感がする。

「私は魔法学園を首席で卒業したのよ。水魔法士だけど、上位魔法の《氷結》が使えるの。だから森林へ連れていきなさい。私が魔獣を倒してみせるわ」

なんだっけ、水魔法スキルを使いこなせるようになると、上位魔法である《氷結》なんかも使えるようになるって聞いたことがあるな。リリアーヌは相当優秀なのだろう。

しかしアドバンス子爵が慌ててリリアーヌを止める。

「甘く見てはいけない。魔獣を倒しに行くなど、私が許さん」

「エクトと『進撃の翼』の五人がいれば、私の護衛をしてもらえるでしょ。これほど安全なことはないわよ」

リリアーヌは一度言い出したら頑固なようだ。

あの言いようだと、アドバンス子爵が何を言っても聞かないだろう。

森林に入って、サクっと適当な魔獣を倒せば満足するかな？

「わかりました。そこまで言うなら、案内いたしましょう。しかし、自分の身は自分で守ってください」

「そうこなくっちゃ！」

俺は『進撃の翼』の家まで行って、事情を説明する。

そして準備のために俺も家に戻ると、リンネが部屋から出て、俺をじーっと見つめてきた。

「今回は私も同行したいです。回復魔法士がいた方が良いでしょう。連れていってください」

うーん、リリアーヌ一人を守るのも、リンネと二人を守るのも大して変わらないか。今回はリンネにも同行してもらおう。

俺がリビングに行くと、アドバンス子爵はソファーに座って、心配そうにソワソワしていた。

「今回は奥地には入っていきませんので安全です。心配なさらずにお待ちください」

「リリアーヌをよろしくお願いする。娘が無茶をした時には、すぐに止めてください」

「わかりました」

丁度そのタイミングで、アマンダ達が俺を呼びにきた。

俺達は八人で、ボーダ村の裏門を開けて、森林へと入っていく。

オラムを斥候にして、適当に倒せる魔獣を発見したら、戦うつもりだ。

リリアーヌとリンネがいるから、ゆっくり慎重に進みつつ、敵を探していく。

しばらくすると、オークを三体見付けたようで、オラムがうまく誘導して連れてきた。

するとリリアーヌが右手を出して、水魔法《氷結》で、オーク三体を同時に氷漬けにして絶命させた。

オークはDランク魔獣とはいえ、三体同時とはなかなかだ。言うだけはあるようだな。

「なんだ、楽勝じゃゃない。魔法学園首席の私の敵ではないわね」

うーん、わかりやすく調子に乗ってるな。

アマンダが俺に近づいてくる。

「あの娘、少々傲慢《ごうまん》だな。少し痛い目を見た方がいいかもしれんぞ。あのままだと、どんどん増長するだろうな」

確かに俺もそう思うが……危ない目に遭わせるわけにもいかないしなぁ。

まだまだ満足していない様子なので、またしばらく進んでいると、Cランク魔獣のオーガ三体が現れた。

しかしこれもまた、リリアーヌが《氷結》であっさりと絶命させた。

彼女は機嫌よく、森林を奥へと歩いていく。

しばらくすると、斥候に出ていたオラムが、顔を青くして俺達の元へ戻ってきた。

「トロルが二体、こっちに近付いている。あれは少し危ないかもしれない。注意してね」

トロルは体長二、三メートルほどのBランク魔獣。今の狩人部隊でも、連携をしっかりしていないと危ない相手だ。

「ふふん、私の敵じゃないわね」

撤退してもいいかなと思ったが、リリアーヌはやる気のようだ。

それからすぐに、棍棒《こんぼう》を持ったトロルが二体現れた。妙に興奮しているな。

リリアーヌは水魔法《氷結》で片方のトロルを氷漬けにしようとするが、トロルはバリバリと氷を砕《くだ》いて、リリアーヌに突進してくる。

咄嗟に頭を抱えてしゃがみ込んだリリアーヌの前に、俺は飛び出す。

そしてその前に大楯を持ったノーラが立ち塞がり、トロルの突進を全身で止めた。

さらに槍で敵の太ももを貫いたところに、すかさずセファーが放った矢が頭部に命中する。ミスリル製の矢じりのおかげで貫通力の上がった矢に貫かれ、トロルは倒れた。

もう一体のトロルは、アマンダが受け持ってくれている。アマンダはトロルの棍棒を上手く躱し、ミスリルの両手剣で、棍棒を持っている右手を斬り飛ばした。

その隙にドリーンが炎魔法《爆炎》でトロルの頭を爆発させ、危なげなく倒すことができた。

俺はリリアーヌの肩に手を置いて、安心させるように言う。

「これでわかったでしょう。一人の魔法が強くても、危険なことはあります。今回、『進撃の翼』の皆がいなかったら、どうなっていたと思いますか？」

しかしリリアーヌは俺の顔を見て、顔を真っ赤にして、激しく首を横に振った。

「私は魔法学園の首席なのよ。私は特別なの。今回は失敗したけど、次は上手くいくわ。次を見ていなさい」

そう言って、リリアーヌは森林の奥へと一人で駆けていってしまった。

まさかそんな行動に出るとは、予想していなかった。このままだとさすがに危ない。

「僕がリリアーヌの後を追うよ。一番足が早いからね」

すぐさま、斥候を務めるオラムがリリアーヌの後を追ってくれた。

取り返しのつかないことにならなければいいが、と思いつつ、俺とリンネ、『進撃の翼』の四人もリリアーヌとオラムの後を追う。

「キャーー！」

そんな時、リリアーヌの絹《きぬ》を裂くような悲鳴が、森林に響き渡った。

そしてすぐに、オラムが焦った顔で俺達の元へ駆け走ってきた。

「大変だよ！　リリアーヌがサイクロプスに捕まった！　あれはヤバいよ！　早く助けないと、リリアーヌが危ない！」

サイクロプスは、体長十メートルを超える巨体のAランクの魔獣だ。

遠征の時、森のかなり奥で見たことはあるが、なぜ、こんな浅いエリアにいるんだ？　……いや、今はリリアーヌを助ける方が先だ。

「皆、全力でリリアーヌを救出する！　戦闘準備だ！」

俺達がリリアーヌに追いつくと、サイクロプスは右手に棍棒を持ち、左手にリリアーヌを握っていた。

「キャー！　助けてー！」

このままではリリアーヌが握り潰されてしまう。

俺は足裏から土の柱を伸ばして、地上六メートルくらいにあるサイクロプスの左手あたりまで一気に近づく。そしてアダマンタイトの剣を鞘から抜くと、サイクロプスの太い腕を一閃した。

さすがアダマンタイトの剣。サイクロプスの左手首はあっさりと切断され、その部分から先がドサっと地面に落ちた。

サイクロプスの手がクッションになったようで、リリアーヌに目立った怪我はないが、気絶しているようだ。慌てて駆け寄ったリンネが、リリアーヌを助け出していた。

左手首を斬られたサイクロプスはよろめき後退しながら、右手の棍棒を振り回して、暴れ狂っている。

棍棒が命中し土柱を破壊された俺は、空中に投げ出されるが、セファーの風魔法《浮遊》の補助のおかげで、危なげなく着地する。

オラムが素早い動きと土魔法で放った岩で、サイクロプスを翻弄する間に、アマンダとノーラが、サイクロプスの足の指を斬り落とそうとしていた。

足の指を斬り落とされたサイクロプスは、バランスを崩して、その場に尻もちをつく。

それでも見上げるほど高く、上半身だけで体長五メートルはありそうだ。

ドリーンは炎魔法《爆炎》でサイクロプスの頭を爆発させようとするが、火の玉はサイクロプスの頭に衝撃を与えるだけだった。

サイクロプスは座り込んだ状態で、足や棍棒を振り回して暴れる。

オラムは棍棒が止まったタイミングでその上に飛び乗ると、一気にサイクロプスの肩まで駆け上がり、その首にミスリルの短剣を突き刺す。

そしてそのまま、サイクロプスの全身を斬りつけながら地上へと戻っていった。

アマンダとノーラも、地上で棍棒を躱しながら、サイクロプスの足に両手剣と槍を突き刺し出血させていた。

「ゴォォァアアー！」

サイクロプスが咆哮をあげる中、俺は足の裏から土柱を伸ばして、サイクロプスの左肩の上に乗り、サイクロプスの首を斬りつける。

セファーも矢を放ちつつ、《風刃》を飛ばしていた。

俺の攻撃が一番鬱陶《うっとう》しかったのか、サイクロプスは棍棒を手放すと、右手で俺を掴みにきた。

俺は左肩から飛び降りつつ、サイクロプスの右手の指を、付け根から剣で斬り落とす。これでサイクロプスは棍棒を持つことができなくなった。

その隙にアマンダとノーラが足からサイクロプスの下半身に登り、腹に両手剣と槍を突き立てる。

「ゴォォァアアー！」

サイクロプスは咆哮し、右手でアマンダとノーラを払いのける。

ノーラが大楯で防ごうとするが、踏ん張りがきかなかったのか、アマンダと一緒に吹き飛ばされ、地面に打ちつけられた。

しかしその間にドリーンが《爆炎》を放つと、見事にサイクロプスの目に的中し、その視界を奪っていた。

俺は再びサイクロプルの肩まで移動すると、サイクロプスの喉元《のどもと》を斬り裂く。

すさまじい量の血があふれ出すと共に、サイクロプスは倒れ伏し、ついに動きが止まった。

リンネはリリアーヌの治療が終わったようで、今はノーラとアマンダの傷を治していた。

オラムはさっそく、サイクロプスの胸を開き、特大の魔石を取り出して戻ってきた。

そうこうしているうちに、リリアーヌが目を覚まして周りを見回す。

そして倒れているサイクロプスの死体を見て、「ひっ！」と悲鳴をあげた。

俺は安心させるため、リリアーヌの背中をポンポンと叩く。

「これでいかに危険だということが理解できたでしょう。これでも一人で何とかなると思いますか？」

「……いえ、私が間違っていました。ここは人族が入る土地ではありませんわ。少し魔法ができるからと言って、私が驕《おご》っていました。申し訳ありません……それと、丁寧な口調を使う必要はないわ。あなたは命の恩人だもの」

「わかってくれたなら良かったです……いや、良かったよ」

とりあえず、大事をとってすぐに村に戻ることにした。

勿体ないが、サイクロプスの死体はこのまま放置だ。いずれ魔獣が処理してくれるだろう。

オラムのルートに従って、俺達は敵に遭遇しないように村を目指す。

サイクロプスに遭うまでは元気だったリリアーヌも、打って変わって、リンネの隣で静かに歩いている。

行きよりも時間をかけて、俺達はボーダ村へと帰り着いた。

そして裏門を通り、ボーダ村に入った途端、先ほどまで静かだったリリアーヌが涙を零し始めた。

リンネに背中をさすられながら、リリアーヌは涙で濡れた目で俺を見る。

「こんな過酷な土地に、こんな安全な村があるなんて、今だからこそ信じられないわ。これも外壁で守られているのと、ミスリルの武装で皆が守っているからなのね」

「そういうことだ。鉄の武装だと、多少の不安が残るからね」

「このミスリルはどこから持ってきていますの？」

「それは機密事項だね。リリアーヌには教えられない」

リリアーヌはアドバンス子爵の娘だ。迂闊《うかつ》に教えることはできない。

そう思って答えたのだが、リリアーヌは意外な行動に出た。

地面にペタリと座り込むと、頭を下げてきたのだ。

いったい急にどうしたんだ？

「実は私は、アドバンス子爵の娘ではありません。ファルスフォード王国の王家に仕える宰相、グランヴィルの孫娘ですわ」

王国の宰相の孫娘⁉

それがなぜ、アドバンス子爵の娘としてボーダ村に来たんだ？　この村を調査するためか？

俺の疑問が顔に出ていたのか、リリアーヌは言葉を続ける。

「王都ファルスでは、今ミスリルの流通が盛んに行われていますわ。その流通経路を調査した所、ボーダ村の名前が出てきたのです。ですから、私が調査に参りましたの」

「……それは、俺に明かしてはいけなかったんじゃないのか？」

リリアーヌは俺の顔を見て、頬をピンク色に染める。

「エクト様は嘘《うそ》をつく方ではないと判断いたしましたわ。こっそり調査するよりも、直接エクト様に質問した方が、答えていただけると思いましたの……これは私の勝手な判断ですが」

まあ確かに、ここの村人達は、どこからミスリルを入手しているのか知らない。

俺やリンネ、『進撃の翼』、そしてドノバンがどこかから持ってきているということだけだろう。だから、いくら村人に聞き込みをしても無駄だろうし、ここで俺に正体を明かしたのはいい判断かもしれないな。

「エクト様を困らせるような事態は避けますわ。お約束いたします。ですから、ミスリルの流通の件で知っていることを、全て話していただけませんか？　それがおじい様、グランヴィル宰相の意思でございます」

なるほど、勘付いたのは子爵ではなく、宰相だったのか。アルベドも注意していただろうが、宰相の方が一枚上手だったようだな。

「……わかった、このまま外にいても仕方がない。とりあえずいったん、俺の家へ戻ろう。それから話せる限りの説明はしよう。その代わり約束してほしい。グランヴィル宰相閣下に話すのは、彼が確実に味方になってくれる場合のみだ」

「わかりましたわ。そのことは私が保証いたします。エクト様に迷惑がかからないように配慮するようにと」

俺はリリアーヌの手を取って地面から立たせる。すかさずリンネが、彼女の服の汚れを払ってくれた。

「それでは、アドバンス子爵からも話を聞きたいし、俺の家に戻ろう」

アマンダが近寄ってきて、俺に肩をぶつける。

「王国の宰相様まで出張ってきたとなると、話の進み具合では大事《おおごと》になるよ。十分に気をつけて説明するんだぞ」

「ああ、心配してくれてありがとう。できるだけのことはやってみるさ」

『進撃の翼』の五人と別れて、俺、リンネ、リリアーヌの三人は、俺の家へと向かった。

第11話　ドラゴンの襲来

家に戻ると、アドバンス子爵がリビングのソファーに座って、俺達の帰りを待っていた。

「よくぞ戻ってこられた。リリアーヌが怪我をするのではないかと心配しました」

「魔獣の襲撃によって危ないところを、エクト様に助けていただきましたわ」

リリアーヌがペコリと俺に頭を下げる。それを見て、アドバンス子爵は満足そうだ。

「さすがはエクト殿だ。娘が世話をかけました。助けていただき、ありがとうございます」

「それが役目ですから。それよりも少々、疲れました。露天風呂へ入りたいと思います」

「それでは私も一緒に露天風呂に入らせてもらいましょう。今日の話も聞きたいですしね」

アドバンス子爵は嬉しそうに、ニッコリと微笑む。

二人で温泉に入るが、アドバンス子爵はすっかりリラックスしているようだ。少し脅かしてみるかな。

「リリアーヌ様は、アドバンス子爵の娘ではなく、グランヴィル宰相の孫娘なのですね。なぜ嘘をついて親子としてボーダ村に来たのですか？」

俺の問いかけに、アドバンス子爵は一瞬驚いた表情になったが、すぐに納得したように頷いた。

「リリアーヌ様は素直な方ですので、隠密調査などできないと思っていましたが……やはりバレてしまいましたか」

「バレることを承知で、協力されていたというのですか？」

「そう言われればそうです。私は宰相閣下の六女を嫁《よめ》に貰っていますからね。嫌とは言えなかったんですよ。それに、ボーダ村に興味があることも本当ですし、断る理由もなかったわけです」

なるほど、グランヴィル宰相の親戚筋《しんせきすじ》だったというわけか。

それにしてもボーダ村に興味があるとは、どういうことだろうか？

「この村に興味を持たれたのはなぜですか？」

「ミスリルの話は宰相閣下に聞かされるまで知りませんでしたが、アルベドの商団はたまにうちの領土に来ることもあるので、その動きには注目していたんです。それで、彼らが頻繁にボーダ村に行くようになったと知って、何があったのかと気になったんですよ」

「なるほど……実際にボーダ村に来てみて、感想はいかがですか？」

「農耕地は豊かで、実りが多く、農民達は活気にあふれている。そのうえ、屈強な狩人達も多くいる。何よりも、村人達全員が実に幸せそうだ。良い村だと思いました」

「お褒めの言葉、ありがとうございます」

そこまで褒められるとは思っていなかった。少し気恥ずかしい。

アドバンス子爵はアゴ髭を触り、穏やかに微笑む。

「やはり村に安心感を与えている外壁の大きさが印象的ですね……普通の村なら、木の柵で村の周りを囲っているだけですから、野盗や魔獣からも逃れられない。外壁の重要性を再確認させていただきました……もちろん、このレベルのものは気軽に作れるものではありませんが」

アドバンス子爵はそう言って大きく頷く。

「我が領地に戻った後は、村の外壁に力を入れようと思っています。その方が、村人達がより安心できるでしょうしね」

「この村が参考になったのであれば嬉しいです」

「あとは狩人達の練度の高さですね。一般の兵士と比べても遜色ない練度だ」

アドバンス子爵が真剣な顔でまっすぐに俺の目を見つめる。

「普通の村の狩人は、動物だけを狩れればいいと思っている」

まあ、それが普通だろうな。

「だから、野盗や魔獣に殺されるという事件が頻繁に起こるんです。村の狩人達も、野盗や魔獣に対抗できるぐらいの練度を持っていた方が、村としては安全であると感じました。全ての村に兵士を置くことができない以上、自衛のためにも必要なことでしょう」

「仰る通りですね」

「このボーダ村の狩人達は、すぐにでも兵士として機能することができる。それはエクト殿が、私兵を持っていることと同義だ。敵には回したくないですな」

「私達は同じ王国の民。仲良くしていただければ嬉しいです」

だいたい、あくまでも俺は村の領主でしかないし、今のボーダ村が気に入っているのだ。

アドバンス子爵は安堵の表情で息を吐く。

「その言葉を聞いて、不安を払拭することができました。お互いに仲良くやっていきましょう。私で良ければ協力させていただきます」

これは、アドバンス子爵が協力関係を結んでくれるという言質《げんち》を取れたと考えていいだろう。

「これからもよろしくお願いいたします」

「私の方こそ、よろしくお願いいする」

俺とアドバンス子爵は固い握手を交わすのだった。

露天風呂から出ると、リンネが夕飯の用意を済ませていた。

今日の料理はグレイトパイソンの肉のガーリックステーキ、野菜サラダ、野菜スープだ。それにパンが添えられている。そして珍しいことに、ワインが用意されていた。

既にリリアーヌが席に着いていたので、俺とアドバンス子爵も席に着く。今日のリンネは給仕役だ。三人揃って、ワインで乾杯する。

「それでは食べながらですが、ミスリルの件について簡単に説明させていただきます」

早めに話した方がいいと判断してそう言うと、リリアーヌが頷く。

「よろしくお願いいたしますわ」

「私達は確かにミスリルの鉱脈を発見しました。その場所はアブルケル連峰の麓の崖地帯です。そしてその鉱脈の近辺には、ハイドワーフ族という先住民族が暮らしています」

俺の言葉に、リリアーヌが不思議そうな顔をする。

「ドワーフ族なら知っておりますけど、ハイドワーフとは初めて聞きましたわ」

「ええ、私も初耳です」

「どうやら、アブルケル連峰にしか住んでいないようですね」

驚くリリアーヌとアドバンス子爵に頷いてみせ、話を続ける。

「私達はハイドワーフ族と交渉をして、ミスリルの鉱石を取り引きしているだけなんですよ。できればハイドワーフ族を静かに暮らさせてあげたいと思っています」

「だからミスリルの鉱脈の件をグレンリード辺境伯に報告していないのですね」

「ええ。報告すれば、辺境伯のことですから、鉱脈の発掘に力を入れるはずです。そうなれば、私はボーダ村から、違う村へ移されるでしょうね」

アドバンス子爵が首を傾げ、少し悩んだ顔をしている。

「ボーダ村とアブルケル連峰の間には森林が広がっている。毎回、ミスリルの鉱石を運ぶのに、危険を冒して、あの森林を抜けていくということですか？」

「まあ、そんなところです」

とりあえず、ここはぼかしておく。

リリアーヌは食事しているフォークを止めて、俺の話に聞き入っていた。

「それでミスリル鉱石をアルベド商会にのみ独占で取り引きされていたのですね」

「この村に来る商会はアルベド商会だけですし、アルベドとは信頼関係も築けていますからね」

リリアーヌは説明を聞いて、大きく頷いた。

「そしてアルベド商会は色々な伝手《つて》を使って、王都ファルスでミスリルを取り引きしていたということですか。それならば納得いきましたわ」

「結果的に、グランヴィル宰相には見つかってしまったわけですけどね」

「おじい様は王都に、常に目を光らせていますから」

グランヴィル宰相がやり手であることは理解できる。協力関係になっておきたい人物だ。

さて、ここからが本題かな。

「アブルケル連峰は、まだ人の手が入っていない未開発の土地です。まだまだ、これから鉱脈が見つかる可能性があります」

俺がそう言うと、話の展開を察したのか、アドバンス子爵の目が光る。

「それをボーダ村で独占していこうと？」

「とんでもない。独占しようとは思っていませんよ。ただ、玄関口にはなりたいと思っています」

アドバンス子爵を大きく頷く。

「それであれば、エクト殿が王家から爵位をいただくしか方法はないでしょう。爵位を貰って、ボーダ村を正式に領地としてもらう方法が一番確実だ」

「そうですね。ですが、何の功績もない私が爵位を貰えるとは思えません」

「何を言ってるんです。先住民族が住んでいたとしても、ミスリルの鉱脈を発見したことは、立派な功績になるはず。私とグランヴィル宰相が後見人となりましょう」

よし、これも言質を取れたな。アドバンス子爵とグランヴィル宰相が後見人になってくれるなら、ありがたい話だ。

しかし、それではアドバンス子爵に得がないが、それでいいのだろうか？

そう思っていると、アドバンス子爵は思い出したように付け加えた。

「お願いがあるとすれば、ミスリルの鉱石を私の領土にも流していただきたいことくらいでしょうか。それだけでも私の領土は潤いますからね」

なるほど、確かにその条件なら、アドバンス子爵にも得があるだろう。

アルベド商会との契約は、あくまでも「他の商会と取り引きしない」というものだったので、子爵との直接取り引きは問題ないはずだ。場合によっては、アルベドに頼んで優先的にそちらに回してもらう、という手も取れるしな。

「もし、私が爵位をいただいた時には、そのようにさせていただきます」

アドバンス子爵は満足そうに笑みを浮かべた。リリアーヌも微笑んでいる。

「私からおじい様へエクト様のことを推薦しておきますわ。この話はきっと成功させてみせます！」

リリアーヌはそう言って、嬉しそうにワインを一口飲むのだった。


翌日、俺達が昼食をとっていると、顔を真っ青にしたエドが家に駆け込んできた。

「どうした？　何か悪い知らせか？」

「そっ、それが……外壁の上から魔獣を発見しました。ファイアードラゴンです。ファイアードラゴンがサイクロプスの死骸の足を持って、ボーダ村へ向かって飛んできています！」

エドの口から飛び出したのは、そんな思いがけない言葉だった。

ファイアードラゴンだって？　確かに魔獣の餌になると思ってサイクロプスの死体をそのままにしていたが、まさかそんなものが出てくるなんて思っていなかった。

「狩人部隊は全員外壁の上に登って、迎撃準備を。こちらから攻撃はするな。あくまで迎撃だ」

彼らの装備はミスリルの弓矢を使っているが、ドラゴンに通用するかは未知数だ。できるだけ交戦は避けたい。

「わかりました。迎撃準備をして、外壁の上で待機いたします」

隊長のエドは敬礼して、外へ走り去っていった。

リンネが心配そうに俺の顔を見る横で、リリアーヌは驚きに口を手で覆い、アドバンス子爵は目を真ん丸にしていた。

まさかこんなことになるとは……俺のミスだ。

そんな時、騒ぎを聞きつけたらしいアマンダ達がやってきた。全員が完全武装だ。

アマンダが出迎えた俺に近づいて、顔を寄せてくる。

「サイクロプスの死体を放置したのは失敗だったな。まさかファイアードラゴンとは」

「まったくだ。ドラゴンは知能が高いというし、話し合いができればいいが……もしこの村を襲うつもりなら、討伐するしかないだろう。手伝ってくれるか？」

「当たり前さ。この村には手を出させないよ」

俺の言葉に、アマンダは頷いてくれた。

「よし、それじゃあ皆。まずは対話のため、ファイアードラゴンに近づこうと思う。準備はいいか？」

俺の言葉に、リンネが真剣な顔で、頭を下げてきた。

「私も連れていってください。足手まといにはなりません」

さらにリリアーヌも席を立って、俺を見つめる。

「私も一緒に行ってもいいかしら？　サイクロプスの出所は、元はと言えば私が捕まったことが原因と言えるでしょう。このまま、じっと家で待機などしていられませんわ」

「……二人共、わかっているのか？　相手はファイアードラゴンだ。無事に帰ってこられる保障なんてないんだ」

俺は諭すが、リンネとリリアーヌは覚悟を決めているらしく、引く気配がない。

こうなったら全員で未開発の森林に行くしかない。

「何が起こっても知らないからな。自分の身は自分で守れ。俺達も二人を守る余裕があるとは限らない。それでもいいなら一緒に行こう」

俺がそう言うと、二人はしっかりと頷いてくれた。

裏門の近くにいたエドに、一度ファイアードラゴンと交渉してくると伝えてから、俺達は森林へと足を踏み入れる。

斥候のオラムが、周囲に気をつけつつも、ファイアードラゴンへの最短ルートを走っていく。それに遅れないように、俺達も森を駆け抜けた。

走ることしばし、俺達はファイアードラゴンの真下に近づいた。

俺はファイアードラゴンを見上げ、声を張り上げる。

「ファイアードラゴン、聞いているか？　俺は人族の村の領主をしているエクトと言う。どうか人族の村に、これ以上近寄らないでもらいたい。お前の狙いはサイクロプスの死体だろう」

〈ふん、下等な人族め。確かに目当てはこの肉だったが、いつの間にやらあんな村を作っているではないか。目障りなのでな、消してやるわ！〉

グリーンドラゴンと同じように、念話が響く。

どうやらこのファイアードラゴンは年若いように思える。自信に満ち溢れ、自分が負けることなど、微塵《みじん》も考えていない。村を消すのも、ただただ気に食わないからだろう。

話し合いにもならなかった以上、ファイアードラゴンと戦うしかない。

俺は覚悟を決め、アダマンタイトの剣を鞘から抜いた。戦闘開始だ。

足の裏から土柱を伸ばして、空中を飛んでいるファイアードラゴンに突貫する。

急なことに目を丸くするファイアードラゴンの翼の付け根を、そのまま剣で斬り裂いた。

ファイアードラゴンは空中で体勢を崩すが、すぐに水平姿勢に戻る。

「ガァォオオー！」

怒り狂ったファイアードラゴンが、火炎のブレスを吐く。

俺は咄嗟に土柱を消して急速落下し、炎のブレスを避ける。地面にぶつかる前に、セファーが

《浮遊》で着地を補助してくれた。

ドリーンが《爆炎》で、リリアーヌが《氷結》でそれぞれドラゴンに攻撃を加えるが、火球や氷の球が着弾し、爆発や氷結の効果が発動しても、ドラゴンの鱗《うろこ》が虹色《にじいろ》に光り、無効化されていた。

セファーが《風刃》を飛ばしても、やはり同じ結果だった。

どうやら、ファイアードラゴンの鱗には魔法防御の力があるようだ。これでは魔法は一切通用しない。

アマンダ、ノーラ、オラムの三人は、ファイアードラゴンが空中を飛んでいるので、攻撃する術を持っていない。

俺は足の裏から土柱を伸ばして、ファイアードラゴンに近づくが、またしても炎のブレスに阻まれ落下し、その度にセファーの《浮遊》に助けてもらう。

どうしようもなくなっている俺達を見て、ファイアードラゴンは楽しそうに哄笑《こうしょう》する。

〈弱い！　弱すぎる！　その程度で我に敵対するか！　笑わせてくれる！　その報いを受けるがいい！〉

ファイアードラゴンが俺達のいる地上に向かって、先ほどの何倍もの威力の火炎のブレスを吐く。

俺は圧縮した土壁を何重にも敷き詰め、火炎のブレスを止めるが、ブレスが吐き終わる頃には、土壁のほとんどは溶かされてしまっていた。

いったいどうすればいいのか。そう頭を悩ませた時、森林に声が響いた。

〈まだまだ弱いのう！　どれ、わしが少し手伝ってやろうかのう！〉

これは……グリーンドラゴンの声だ。姿は見えない。

すると、少し離れた丘から、グリーンドラゴンの首が空中に伸びていくのが見えた。

かなりのスピードで伸びた首は、ファイアードラゴンの翼を食い千切る。

グリーンドラゴンに噛《か》みつかれるという予想外の攻撃に反応できなかったのだろう、ファイアードラゴンは避けきれず、足のかぎ爪《づめ》からサイクロプスの死体を離す。

そして、片方の翼をもぎ取られた結果、錐《きり》もみ状態で地面に落下した。

「ガァオオー！」

地上に落下したファイアードラゴンが何とか立ち上がり、咆哮をあげる。

咆哮だけでもすごい威圧感だが、地上に降りた今がチャンスだ。

「全員、総攻撃！」

俺はファイアードラゴンの真下の土を操作し、足場を崩す。墜落の影響があるのか、ファイアードラゴンはあっさりと横倒れになった。

アダマンタイトの剣を握りしめた俺は突進し、ファイアードラゴンの喉元に突き入れる。そしてそのまま、振り下ろすようにして切り裂いた。

怒り狂ったファイアードラゴンは、火炎のブレスを吐こうとするが、喉元を斬られているためか、上手く吐くことができないようだ。

その隙に、ノーラが大楯でファイアードラゴンの左腕を押さえ込み、槍を突き刺す。

アマンダはファイアードラゴンの背中に回り込み、残っている翼をミスリルの両手剣で斬り落とした。

大きく開いたドラゴンの口へ、オラムの短剣と、セファーの矢が襲いかかる。

ドリーンは《爆裂》でファイアードラゴンの傷口を爆発させ、怪我を深くしていた。

しかし流石に平衡感覚が戻ってきたのか、ファイアードラゴンは立ち上がり、体勢を立て直すと、尾の一振りで、大楯で防いでいたノーラを大きく吹き飛ばした。

といっても、ファイアードラゴンは満身創痍《まんしんそうい》でフラフラだ。

俺は一気にファイアードラゴンの顔へと近づくと、アダマンタイトの剣で、その額を貫いた。頭《ず》蓋骨《がいこつ》が割れた感触が伝わる。

ファイアードラゴンは目を見開くと、大きな音を立てて倒れ込み、動かなくなった。

——ファイアードラゴンは息絶えた。

俺達の勝利だ。アマンダも皆も、高揚した表情を浮かべている。

「やったぞ！　これでエクトもドラゴンスレイヤーだ！」

「皆がいたから倒せたんだ。俺だけの功績じゃない。皆の功績だ」

本当に、俺一人だけだとどうなっていたことやら。

「ドラゴンの体は、全て素材にできると言われていて、血の一滴まで素材としての価値が高いんだよね。せっかくだからドラゴンを解体して、村へ運ぼう」

オラムがそう言うと、『進撃の翼』全員が解体に取り掛かる。

ドラゴンなんて解体したことがないのと、その巨体のせいで、随分と手間取っていた。

そして人手がいると判断したのか、オラムが狩人部隊を呼びに戻っていった。

それを観察していると、リンネが首を傾げて尋ねてくる。

「サイクロプスの死体はどうされますか？　このまま放置されますと、また次の魔獣を呼び寄せる可能性があると思います」

「あー、確かにそれもそうか……とりあえず、埋めることにするか」

俺はそう言って、土魔法で地面を掘って、サイクロプスを埋める。

そして今度は、大声でグリーンドラゴン、森神様へ語りかける。

彼の助力がなければ、俺達は為すすべもなく蹂躙《じゅうりん》されていただろう。

「森神様、俺達に協力してくれて、ありがとうございます」

〈年寄りの気紛れじゃて！　今度の供物《くもつ》を多くしてくれれば良い！〉

「わかりました。楽しみにしておいてください」

途中から戦闘に参加できていなかったリリアーヌが、焦った顔で、俺の隣に駆け寄ってくる。

「エクト様は知らないと思いますが、ドラゴンの素材は、いったんは王国が全て買い取ることになっていますわ。それから各所に売る仕組みになっていますの。ですから、エクト様もドラゴンの素材の全てを、王国へ売らなければなりませんわ」

なんだって！　そんな仕組み、俺は聞いたことがないぞ！

……でもまあ、普通はドラゴンを討伐したなんて話にならないので、ドラゴンを討伐したら～なんて話を聞いたことがないのも当然かもしれないな。

「ですが、このファイアードラゴンの討伐は、エクト様の功績となりますわ。王陛下から褒賞《ほうしょう》を賜《たまわ》ることになるでしょう」

つまり、これで爵位を得るのに大きく近づいたってことかな？

とりあえず、アドバンス子爵や村の人達に、無事を知らせなければ。

俺、リンネ、リリアーヌの三人は、解体の手伝いに来た狩人部隊とすれ違いながら、ボーダ村へ戻るのだった。


一通り各所への報告を終えた頃、ファイアードラゴンの解体を終えたアマンダ達が戻ってきた。

ドラゴンは血や肉まで素材になるというので、リリアーヌに頼んで《氷結》で冷凍保存してもらう。

ドラゴンを倒した報告をした時もそうだったが、実際の素材を見てから、アドバンス子爵の興奮が止まらなかった。

「すごい！　すごいですよ！　ドラゴンを討伐されるなんて！　誰にでもできることではありません！　これは偉業です！　すぐに王城に報せなくては！」

「そんなに急ぐ必要はないでしょう。ドラゴンは倒したばかりですし」

「何を呑気《のんき》なことを言っているんですか。鉱脈の件もですし、今回のドラゴン討伐の件もあります。これは大事件ですよ！」

俺が落ち着かせようとしても、アドバンス子爵の興奮は止まらなかった。今にも飛び出しそうな勢いだな。

「私は今から王城に向かいますので、エクト殿はリリアーヌ様と一緒に、近日中に王城まで来てください。よろしくお願いいたします」

アドバンス子爵は俺が止めるのも聞かず、護衛の兵士を連れて、黒塗りの馬車に乗り込んで、王城へと旅立っていった。

あまりの展開の速さに、門まで見送りに出た俺は困惑していたのだが、アドバンス子爵を止めようともしなかったリリアーヌは、満足そうに微笑んでいる。

「本当なら、私とエクト様も、アドバンス子爵と共に王城へ向かって報告をしなければならないんですよ。アドバンス子爵の配慮に感謝いたしますわ」

難しいところはアドバンス子爵が一手に引き受けてくれたということか。それはありがたい。

「それでは私達は、明日から王城へ向けての準備を始めて、近日中に出発することにいたしましょう。ドラゴンの素材もあることですし、長旅になりますわね」

「確かに、ドラゴンの素材も運ばなければならないし、王家への献上品として、ミスリルも少し持っていった方がいいな」

「そのあたりの準備は全て、私にお任せくださいまし。そのために私が残ったのですもの」

リリアーヌはそういう理由で、アドバンス子爵と一緒に王城に向かわなかったのか。リリアーヌの配慮にも感謝しないとな。

「私もリリアーヌ様の手助けをいたします。何なりとお申し付けください」

リンネもリリアーヌの手を取って、穏やかに微笑んでいる。二人が仲良くなったのはいいことだな。

するとそこへ、アマンダが俺達を呼びに来た。

「一応地下倉庫へドラゴンの素材や肉を運んでおいたが、まだ肉が余っているぞ。エクト、お前、ドラゴンの肉を食べたくないか？」

オラムがニッコリと悪戯《いたずら》っ子のような笑みを浮かべて、俺の袖を引っ張る。

「ドラゴンの肉は最高級品らしいよ。エクトも食べてみたいよねー」

それほど美味いなら、ドラゴンの肉を俺も食べてみたい。地下倉庫に入りきらない、いうなれば余った肉だから、少しぐらい食べてもいいか。

献上する分が多少は減るだろうが、ここにいる人達が何も言わなければバレようがない。

「わかった。せっかくだからそうしようか。だけど食べすぎないようにな」

「やったー！　さすがエクト！　ドラゴンの肉で、今日は肉祭りだね」

大はしゃぎするオラムに苦笑しながら、俺達は広場へと戻るのだった。


時間が空いたため家で休んでいると、アマンダ達が俺達を迎えにやってきた。

アマンダはニヤリと笑って、腰に手を当てる。

「ドラゴンを倒した英雄がいないと、祭りが始まらん。早く来い」

俺達が連れだって広場へ向かうと、村人達が地べたに座って、肉を頬張り、酒を飲んでいた。

カイエとバーキンの隣では、ドノバンが豪快に火酒をラッパ飲みしている。

広場の中央に設置されたテーブルに、俺達は座る。

「さあ、主役の登場だ！　皆、ドラゴンの肉を焼いてくれ！」

アマンダがそう叫ぶと、用意されていたドラゴンの肉の調理が始まった。

串焼きが出来上がると、村人が持ってきてくれる。

すかさず串焼きにかじりつくと、確かにドラゴンの肉は美味かった。

肉汁がジュワっと口の中に広がり、繊維《せんい》が溶けていく。最高級の肉だ。

リンネがエール酒を持ってきてくれた。リリアーヌや『進撃の翼』の面々と乾杯し、エール酒を飲み干す。戦った後のエール酒は美味い。

「今日のドラゴンとの戦い、本当にお疲れ様でした」

リンネが温かく微笑んで、俺の肩に体を預けてくる。

「今日のエクト様は、本当に恰好《かっこう》良かったですわ。まさに英雄でしたわ」

リリアーヌが顔を赤くして目を潤ませ、俺に体を寄せてくる。つつましやかな胸の膨らみが、俺の腕に当たる。

二人共、酔っているのか、いつもよりも体が近く、そのせいで俺は身動きが取れなくなってしまった。

そんな俺を村人達が楽しそうに笑って見ている。

苦笑していると、背中から手が伸びてきて、胸の前で交差する。何やら背中に柔らかいものが当たっているようだ。

誰だと思って首を回すと、アマンダが後ろから抱きついてきていた。

「今日のエクトは上出来だったぞ。剣技といい、魔法といい、申し分なかった。惚《ほ》れ惚《ぼ》れしたぞ」

アマンダの豊満な双丘が、さらに背中に押し付けられる。俺はさすがに、少し緊張した。

「アマンダ、今日は酔うのが早くないか？」

「さあ、疲れているからかもね。それに、ドラゴンとの戦いを思い出すと、興奮して飲まずにいられなかった」

「ああ、それはなんとなくわかるよ。今日は本当に酒が美味い」

そんな話をしていると、オラムが肉の載《の》った皿と、フォークを持って走ってきた。

そしてそのまま俺の膝の上に座って、肉を食べ始める。

「エクトも食べなよ。美味しいよ」

フォークに刺されて差し出された肉を、大きく口を開けて頬張る。

うん、やはりドラゴンの肉は美味いな。さっきとは焼き方が違うのか、香ばしい香りが強い。

それにしても、今日はグリーンドラゴンの助けがなければ負けていただろう。

もっと強くならなければ、この辺境で村や皆を守り切れないと実感させられた。

しかし、今は深く考えないようにしよう。村人達との楽しい一時を楽しむことに決めた。

隣に座っているリンネとリリアーヌから優しい香りが漂ってくる。そして背中のアマンダからは甘い香りがする。

ボーダ村に来て、皆が一緒にいなければ、こんな楽しい日々を送ることはできなかった。たまには、こういう息抜きの時間があってもいい。

見上げれば、外壁の上に松明が焚《た》かれ、夜空には星々が輝き、大きな三日月が浮かんでいた。

第12話　王都ファルスを目指して

そんなわけで、俺は王都ファルスへと向かう準備を進めていった。

同行するのは、『進撃の翼』の五人と、リンネ、リリアーヌだ。

ドラゴンの素材とミスリルを載せた荷馬車は四台にもなったので、俺、リンネ、セファー、ドリーンがそれぞれ馬車を動かす。

基本的にはリリアーヌは馬車にいてもらい、アマンダ、オラム、ノーラが周辺の警戒をするという体制で進むことになっている。

俺達がいない間の村の運営はオンジに、防衛についてはエドとルダンに任せた。

ミスリル鉱石の運搬はドノバン一人に任せることになったが、「仲間に会えるのだから気にせんわい」と言ってくれた。

「それでは、行ってくる。留守中のことを頼んだぞ」

「わかりましたじゃ。任せてくだされ」

オンジと握手を交わした俺は、馬車に乗り込む。

そして表門を出て、俺達はボーダ村を出発した。

王都ファルスまでは片道一ヵ月。領都グレンデに続く街道を途中で曲がるので、そちらには立ち寄る必要がないのは楽だな。

戻ってくる頃には、ボーダ村も冬が過ぎて、春になっていることだろう。

アマンダ達『進撃の翼』は久々の王都だとウキウキしていたが、俺は王都ファルスへ行ったことがないので、その規模がわからない。

これまでの人生で行ったことのある最も大きな街は、この辺境伯領の領都グレンデだからなあ。

リリアーヌも王都の光景を思い出しているのか、目をキラキラと輝かせている。

「エクト様、王都ファルスにはきっと驚きますわ。こう言っては何ですが、グレンデよりもはるかに大きいですもの。必ず、来て良かったと思いますわよ」

「へぇ、領都グレンデでも人が多いと思ったのに、それ以上なのか。王都の中で迷ってしまいそうだね」

俺がそう言って苦笑すると、横につけた馬車から、リンネが声をあげる。

「王都の地図は持ってきております。内容も暗記しているので、迷う心配はありません。リンネにお任せください」

「リンネ、何を言ってるのかしら。王都に到着したら、王都の観光案内は私、リリアーヌがエクト様をご案内いたしますわ」

リンネとリリアーヌが真剣な顔で視線をぶつけ合っている。最近は、こういう場面が多くなったような気がするな。いつも仲良しなのに、いったいどうしたのだろう。

俺は下手に触れない方が良いなと判断して、アマンダの方に視線を向ける。

「アマンダ、やはり毎回、街や村で休息を取らないといけないのかい？　野営することになっても、その場その場で俺の土魔法で囲いを作れば十分じゃないか？」

「いや、今回は献上のための旅だからな。ここそこしていると思われるような行動は避けて、なるべく堂々としていた方がいいだろう」

「ああ、それもそうか。疲れたら言ってくれよ、しっかり休憩を取るからな」

「これくらいの旅でへこたれることはないさ。ボーダに来てから一年も経ってないが、毎日のようにあの森林を駆け走っていたんだ、以前よりも体力も筋力もついている」

そうなのか？　ぱっと見、そんなに筋肉がついたようには見えないが……アマンダは相変わらず豊満な胸を揺らし、スタイルがいい。

「ん？　何をじーっと見ているんだ？」

「相変わらず、アマンダはスタイルがいいなと思ってさ」

「そういうことは人前で言うな。恥ずかしいではないか」

アマンダは顔を赤くして、スタスタと先に進んでしまう。

あれ？　アマンダはそういうことを気にするタイプだったっけ？

余計なことを言ったかなと苦笑しつつ、俺は馬車を走らせ続けるのだった。

ボーダ村を出発してから一ヵ月と少し。

やっとファルスフォード王国の王都ファルスが見えてきた。

この一ヵ月間の旅で色々なことがあったな。野盗に襲われたり、魔獣に襲われたり、寝ているところを一部の村人達に襲われたり。

そんなトラブルがあったせいで、予定より少し遅れてしまった。

高価な荷物を運ぶということが、どれだけ危険な仕事なのか実感させられた旅だった。

アルベドはいつもこういう危険を冒しながら、ボーダ村まで来てくれていたのだと思うと、感謝するしかない。

王都ファルスは大規模な城塞都市《じょうさいとし》で、一番外側の壁の高さだけでも十メートル以上はありそうだ。都市の中央には王城が建っていて、そこを中心に四つの大通りが、東西南北の四つの大門まで通っている。

城はまるで巻貝のような城壁が作られており、四層の円形の城壁で守られている。とてもきれいな白亜の城だ。

なんでもファルスには、三百万人以上の人々が暮らしているという。

何もかも桁《けた》が違う。

城壁の外には、城壁の大門を潜るために人々や馬車が列を作って並んでいた。

しかし俺達の馬車は、その列の横をすり抜けて貴族専用の門へ向かうよう、リリアーヌに指示された。

俺……辺境伯家を追放されたし、今はもう貴族でもないんですけど！

そんなことを思いつつも、馬車が貴族専用門に到着する。

するとリリアーヌが腰から一本の短剣を取り出して、警備兵に見せた。

俺達を見て不思議そうにしていた警備兵は慌てて敬礼して、馬車を通してくれる。

いったいどうしたんだ？　と思っていると、リリアーヌが説明してくれた。

「この短剣にはグランヴィル家の家紋が描かれていますの。持つ者は限られておりますから、身分証明になるのです」

なるほど、それなら問題なく通してもらえるのも納得だな。

街中を進む最中、道端で子供達が元気にはしゃいでいるのが見えた。

とても活気に満ちた街だ。

観光したいところだが、荷馬車を王城まで安全に運び届けることが先決だ。俺達は王城までの道を一気に走り抜けた。

王城の跳ね橋も、城門も、リリアーヌの短剣のおかげで、あっさりと通行許可が出て、王城の中へと入ることができた。

門を潜り抜ければ、近衛兵《このえへい》達が敬礼をして待っていて、すぐに馬車と荷物を引き受けてくれる。

俺達が馬車から降りてきょろきょろしていると、リリアーヌがニッコリと、しかし悪戯っ子のように微笑む。

「エクト様が頑張るのはこれからですわ。アドバンス子爵から話は通っているはずですし、私がグランヴィル家の短剣で王都に入ったことで、既におじい様にも私達が到着したことの報せが届いているでしょう。このまま会っていただくことになると思いますわ」

えー！　この汚れた格好で宰相閣下に会うのか？　それは少しマズイ！

「着替えを済ませてからでもいいんじゃないか。このままだとマズイだろう」

「既に王城の中に入っております。もう手遅れですわ。覚悟をお決めになってくださいまし」

そんなことをリリアーヌと話している間に、近衛兵四人が近づいてきて、グランヴィル宰相がすぐにでも面会すると言っていることを伝えてきた。

俺は困ってリンネやアマンダ達に視線を向ける。

しかし六人全員、初めて入った王城の中を、呆然と見ているばかりだ。

そんなリンネ達へと、近衛兵二人が敬礼をする。

「お付きの方は別室をご用意しておりますので、そちらにてお待ちください。ご案内いたしましょう」

その場に残されたのは、俺とリリアーヌの二人だけになってしまった。

そんな俺達に、近衛兵二人が敬礼する。

「リリアーヌ様とエクト様は宰相閣下が執務室で待っておられますので、私達がご案内いたします。こちらへどうぞ」

俺は緊張しつつ、近衛兵二人の後ろについて、絨毯《じゅうたん》が敷かれた廊下を歩く。

案内がなければ、絶対に迷子になっていたと確信できるほど広い城内だ。

歩くことしばし、ある部屋の前で近衛兵達が立ち止まって敬礼する。

「こちらが宰相閣下の執務室でございます。お部屋の中で、宰相閣下がお待ちです。どうぞお入りくださいませ」

リリアーヌが扉をノックすると、部屋の中から「入りなさい」という渋い声が聞こえた。

近衛兵が扉を開けて、リリアーヌと俺は宰相閣下の執務室の中へと入った。

部屋の中にいたのは、少し白髪《しらが》が混じった、姿勢正しい、いぶし銀の壮年の男性だった。

おそらく彼がグランヴィル宰相閣下なのだろう。

彼は体の後ろで腕を組み、俺とリリアーヌを黙って観察している。その視線は鋭い。

「私は宰相のアルフォンス・グランヴィルだ。君がエクト・グレンリードかな？」

「はい、グレンリード辺境伯領、ボーダ村の領主を務めております、エクトと申します」

俺はそう言って、頭を下げる。

「アドバンス子爵からミスリル鉱石の件は聞いている。グレンリード辺境伯に見つからないように、上手く細工をしていたようだな」

「その件に関して、ご迷惑をおかけし、誠に申し訳ありません。父上に知られると、本格的な鉱脈の発掘が始まると思いまして、隠しておりました」

「ミスリルの鉱脈には、先住民族のハイドワーフ族がいたという話だったな。エクトはハイドワーフ族の暮らしを守りたかったと、アドバンス子爵から聞いている」

「その通りです。彼らの生活を守るため、色々なことを隠しておりました」

グランヴィル宰相の目を見ればわかる。こちらのことは全て見通されている。下手に嘘をつくよりも、正直に話した方がいい。俺の勘がそう告げる。

リリアーヌは何も言わずに、静かに微笑んで、俺とグランヴィル宰相の話を聞いていた。

俺はそのまま、言葉を続ける。

「グレンリード辺境伯からは、家名も名乗るなと言われています。鉱脈のことを知れば、ボーダ村から違う村へ、領主替えをされてしまうだけです。私はそのことが嫌でした。ボーダ村の領主でいたかったのは、私のワガママです」

「なるほど、事情は理解した。しかし、先住民族がいようと、ミスリルの鉱脈を発見した功績はエクトにある。本来であれば、鉱脈発見の功績を称えられたはずだろう」

「いいえ。私は父に嫌われております。功績は全て父のものになったはずです」

「だから、あのような手の込んだことをしたのか。考えたものだ」

グランヴィル宰相はアゴに手を当てて、大きく頷く。

「それにしても、なぜそなたは辺境の僻地の村へと飛ばされたのだ？　家名も名乗ってはいけないとは、酷い仕打ちではないか！」

おや、アドバンス子爵は俺と辺境伯の関係を知っているんじゃないのか？

「グレンリード家は代々、三属性魔法士を輩出してきた家系です。しかし私が手にしたのは、三属性魔法ではなく、土魔法でした」

「なるほど、その話はなんとなく聞こえていたが……そのせいで、辺境の地へ飛ばされたというわけか。辺境伯は血筋にプライドを持っていたからな。それにしても酷い仕打ちだな」

「いえ閣下、私はそう思っていません。もしかしたら一生家から出してもらえなかった可能性もある中で、ボーダの領主となるという自由をいただきました。僻地の村ですが、皆で一緒に発展させるのを楽しんでおります」

「エクトにとっては、追放もご褒美《ほうび》だったというわけか。皮肉なものだ」

グランヴィル宰相は俺を見て穏やかに微笑むが、すぐにその表情を引き締める。

「ミスリル鉱脈の件については、王陛下には詳細を話さないことにする。その代わり、これからは一定のミスリル鉱石を王家に献上してもらうことにしよう。それであれば王陛下も納得されるはずだからな」

「わかりました。王家に仕えるのは、王国に住む者の義務と思います。王家に一定のミスリル鉱石を献上いたします」

「エクトの後見人には、私とアドバンス子爵がなるつもりだ。これからは隠し事なしに付き合っていこう」

「ありがとうございます。これからもよろしくお願いいたします」

これで一応、ミスリル鉱脈の件は解決した。

俺は小さく安堵の息を吐く。

するとリリアーヌがそっと俺の隣へ寄ってきて、笑顔でグランヴィル宰相を見た。

「おじい様、肝心なことをお忘れになっておられますわ。今回、エクトはドラゴンを討伐して、その素材も持ってきております。その功績はどうなるのでしょうか？」

グランヴィル宰相の表情が柔和になり、孫娘を見る顔に変化する。

「そういえば、そのことを忘れていたな。エクト、ドラゴン討伐、ご苦労であった。この功績は大きいぞ。素材の買い取りのことも含めて、王陛下にご報告しなければな」

グランヴィル宰相は、一つ頷いて言葉を続ける。

「グレンリード辺境伯の領土は広く、全てを管理することができていないのが現状だ。それゆえに、あの森林も開拓できていないのだろう。よって、森林に沿った一帯をエクトの領土として拝領できるように、王陛下に進言しよう。そうすれば、辺境伯に伺《うかが》いを立てずとも、開拓を進められるであろう」

え、そんなことまでしてくれるのか？

「宰相閣下のお心遣いに感謝いたします」

俺は深くお辞儀をし、感謝の意を伝えた。

「リリアーヌはどうする？　このまま以前のように、王都で暮らすか？　ミスリルの流通の謎《なぞ》は解けたんだ、ボーダ村に向かう理由はなくなったぞ」

「おじい様、繁栄している王都で暮らすのも嬉しいですが、私はエクトと一緒に村へ参ります。エクトの村の開拓の方が面白いですわ。ワガママをお許しくださいませ」

グランヴィル宰相は優しい目でリリアーヌを見つめている。リリアーヌは頬をピンク色に染めて、少し恥ずかしそうだ。

「随分とエクトのことを気に入ったようだな。リリアーヌの好きにすればよい……エクトよ、リリアーヌのこと、くれぐれも頼みたい。祖父としてお願いする」

「できるだけの配慮はさせていただきます。ですが、何もない村ですので、リリアーヌ様にはご不便をおかけすることになると思いますが」

「私はそれでいいですわ。私もボーダ村が好きになりましたの。だから一緒に戻りますわ」

リリアーヌはグランヴィル宰相に抱きついて、嬉しさで、満面の笑みを浮かべている。

「陛下との謁見《えっけん》は明日、時間を作ろう。ドラゴン討伐に参加した者には全員参加してもらいたい。今日のうちに十分に休息を取って、街に出て、謁見に見合う服を用意するように」

グランヴィル宰相の言葉の最後の方は、苦笑が混ざっていた。

やはり、このボロボロの服装ではダメだったか。今日中に服を新調しないと、謁見で王陛下の機嫌を損ねることにもなりかねない。

「わかりました。服を新調して、明日の謁見に臨みます」

「私の行きつけの服屋が南の大通りにある。リリアーヌに案内してもらうといい。また明日、会えることを楽しみにしているよ」

そう言って、グランヴィル宰相は右手を差し出した。俺はその手を両手で握って、深く会釈をした。

リリアーヌと二人で宰相閣下の執務室を出ると、近衛兵二人が敬礼をして立っていた。

「馬車までお送りいたします。案内いたしますので、私達の後についてきてください」

近衛兵二人に連れられて、先ほどリンネやアマンダ達『進撃の翼』の面々と別れた広場まで案内してもらった。

広場に着くと、リンネ達は先に到着していた。オラムが嬉しそうに駆け寄ってくる。

「すごく豪華な部屋で、お菓子がいっぱいあって、とても楽しかったよ。いっぱい食べちゃった」

アマンダが歩いてきて、オラムの頭をコツンと叩く。

「まったく、本当に緊張してなかったんだから驚きだよ。私なんて、紅茶も喉を通らなかったってのに」

そんな二人を見ながら、リンネやセファー達が笑っている。

オラムがいたおかげで、それなりに緊張が解れたみたいだな。

すると、リリアーヌが皆の中心に立って、それぞれの服装を指差す。

「あなた達全員、着ているものがボロボロですわ。新調いたしますから、私の指示に従ってくださいまし。明日の王陛下との謁見には、皆も参加いたしますのよ」

それを聞いたリンネと『進撃の翼』の五人は、体を硬直させて動かなくなった。

その姿を見て、リリアーヌがため息を吐く。

「当たり前ですわ。ドラゴン討伐には皆も参加したのですから。皆も王陛下から褒賞をいただくことになりますわ」

皆も一緒に王陛下に謁見するのなら、俺もそれほど緊張しないで済むだろうから助かるんだよな。

「私は褒賞などいらないぞ。緊張する場面は苦手だ。このまま逃げさせてもらう」

アマンダは不満そうな顔でそう言うが、俺はその肩を優しく叩く。

「俺も諦めているんだ、アマンダ達も諦めてくれ。というか、俺を助けると思って頼むよ」

俺にそう言われて、アマンダは文句を言わなくなった。皆も諦め顔だ。

そして、俺達は馬車に乗り込み、王城を出て、市街地の方へと向かった。

目的地は宰相閣下が言っていた、南側の大通りにある服屋だ。

いかにも高級っぽい服屋の前で馬車を停め、全員で店の中へと入った。

カウンターに立っていた店員が、薄汚れた俺達の姿を見てあからさまに驚く。

ここは貴族専門の洋服店のようだし、普段、俺達みたいな客が来ることはないだろうからな。

リリアーヌがカウンターへ行って、店員の男性に短剣の家紋を見せる。すると店員の態度が一変して、俺達に丁寧にお辞儀をした。

それから店の中では、リリアーヌが服を選び、俺達は着せ替え人形状態となった。

結局、リリアーヌが納得した服を俺の支払いで購入し、店を出て馬車に戻る。

するとそこで、アマンダがこっそりと声をかけてくる。

「今買った服、かなり高価だったんじゃないか？　私達の分までいいのか？」

「ああ、王都へ来たんだから、それなりに大金は用意しているよ。今回は服代で大金貨十枚くらい使ったけど、まだまだ金には余裕があるから、気にしないでくれ」

普段なら絶対買わないであろう高級品だが、国王の前に出るのだ。しっかりとしたものを揃えなければならない。

それにミスリルのおかげで貯蓄はあるので、そこまで心配しなくてもいい。

その日は、リリアーヌの選んでくれた高級宿に泊まることになった。

最初はグランヴィル宰相家に泊まらないかと言われたのだが、全員で全力で拒否した。グランヴィル宰相の家などに泊まったら、緊張で眠れるはずがない。

宿には広い風呂もあるそうで、全員が賛成し、リリアーヌも皆と一緒に泊まることとなった。

風呂に入って旅の疲れを取り、最高級の料理を食べ、久しぶりのフカフカなベッドで熟睡したのだった。


次の日、俺とリンネ、リリアーヌは謁見用の服に着替えて馬車に乗り込み、アマンダ達『進撃の翼』の五人は念のための警護として、汚れを落としたいつもの服装で王城に向かった。

アマンダ達は、王城に着いてから、新調した服に着替えることになっている。

王城に着くと客室に案内され、全員が着替え終わる頃、近衛兵が俺達を呼びに来た。

「これよりエルランド陛下と謁見していただきます。謁見の間へ案内いたしますので、私達の後に続いてください」

謁見の間は、昨日宰相と会った部屋よりも遠かった。

どれだけ階段を上ったかわからなくなってきた頃、やっと近衛兵の足取りがゆっくりとなった。

そしてすぐに、廊下の奥に大きな両開きの扉が現れた。

扉の左右には近衛兵が三名ずつ立っていて、いかにも警備が厳重だ。

扉が開くと、赤い絨毯が部屋の奥まで続いていた。

奥の方は一段高くなっていて、黄金の椅子が中央に置かれている。おそらく玉座だろう。

俺達を先導して歩いていた近衛兵は、玉座から二十メートルほど離れた所で立ち止まった。

「王陛下が来られるまで、礼の姿勢でお待ちください」

俺、リリアーヌを先頭にして、その後ろにアマンダ、セファー、その後ろにノーラ、オラム、最後尾にドリーン、リンネが片膝をついて、頭を下げ、礼の姿勢で待つ。

じきに、玉座の横の扉が開く音と、数人の足音が聞えた。

そしておそらく王陛下が、玉座に座ったような音がする。緊張の一瞬だ。

「余がファルスフォード王国国王、エルランドである。皆の者、面をあげよ！」

エルランド陛下の声が、謁見の間に響き渡る。

顔を上げると、エルランド陛下が玉座に座り、その隣にグランヴィル宰相とアドバンス子爵が立っていた。

「エクト・グレンリードよ。この度、ミスリル鉱脈の発見、それにドラゴンの討伐、ご苦労であった」

俺は深々と頭を下げる。何を言っていいのかわからない。

というかそうか、父上は家名を名乗るなと言ったけど、あくまでも父上が言ってただけなのか。

陛下や国からしてみれば、俺はグレンリード家の一員なんだよな。

「グランヴィル宰相から詳しい内容を聞いておる。そう緊張しなくても良い。自由に発言することを許す」

「陛下と謁見でき、ありがたき幸せに存じます」

エルランド陛下は、俺の言葉に満足したのか、大きく頷いた。

「これより、エクト・グレンリードの功績を称え、褒賞を与える――まず、エクト・グレンリードには男爵の位を与える。領土は未開発の森林とその付近の村々といたす。王国のために開拓に励んでほしい」

「陛下のお言葉に応えるため、全力で開拓いたします」

俺はさらに深々と、頭《こうべ》を垂れた。

「次にリリアーヌ・グランヴィル。ドラゴン討伐への協力、大義であった。褒賞を考える時間をくれるか？　宰相と相談したい」

「陛下の仰《おお》せのままに」

リリアーヌは陛下に向けて、穏やかに微笑む。

「エクト・グレンリードを助け、ドラゴン討伐に協力したBランク冒険者『進撃の翼』の五人は、褒賞として、Sランク冒険者に昇格とする」

「ありがたき幸せ」

アマンダの声は震えている。

それもそうだ。Sランクというのは、冒険者にとって最高の名誉なのだから。

「リンネは……確か元奴隷という話だったな。正式に王国民としての身分を与えよう」

「ありがたき幸せです」

リンネはその場で平伏した。そうか、奴隷になった時点でそれまでの戸籍が抹消されているかもしれないし、そもそもリンネはこの国の人間じゃなかったかもしれないのか。今が問題なければばいいと思って、過去の話は聞かないようにしていたんだよな……そのうち聞いてみよう。

「これで褒賞の授与は終わりとする——ランド・グレンリードよ、入って参れ」

その言葉を聞いて、俺は一瞬固まった。

まさか、父上が王城まで来ているとは思っていなかったからだ。

足音と共に、父上が俺の隣まで進んできて、膝をつく。

「ランド・グレンリード、陛下のお呼びにより参上いたしました」

「先ほどのエクト・グレンリードへの褒賞を聞いたであろう。ランドも辺境伯となってから忙しく、未開発の森林の開拓まで手が回らなかったと思う。余の考えの至らぬところでもあった。これからはエクト・グレンリード男爵に任せれば良い。それで良いな？」

「承知いたしました。これからはエクト・グレンリード男爵にお任せいたします」

「これからも親子として、仲良く協力していくのだぞ」

「御意のままに」

父上はエルランド陛下に深々と頭を下げると、立ち上がって謁見の間を退出していく。

ちらりと見えた父上の表情からは、何を考えているのか読み取れなかった。

エルランド陛下は満足そうに、ニッコリと微笑んだ。

「これで謁見は終了する。後のことはグランヴィル宰相と、アドバンス子爵に任せる。良きに計らえ」

そう言って、エルランド陛下は玉座から立ち上がり、玉座の横の扉から謁見の間を去っていった。

アドバンス子爵とグランヴィル宰相が俺達の元へ歩いてくる。

「もう立ってもいいよ。新男爵殿」

アドバンス子爵は楽しそうに言い、隣のグランヴィル宰相も微笑んでいる。

「これからのことを詳細に決めねばならん。執務室で話そうではないか」

グランヴィル宰相の言う通り、確かにこれからのことを相談しておく必要がある。

彼を先頭にして、俺達は謁見の間を後にした。

第13話　ボーダ村への帰還

グランヴィル宰相達と今後のことについての話し合いを終え、特に用事もなくなった俺達は、翌日、王都を去ることにした。

ただその前に、俺達――というか『進撃の翼』の五人が、王都ファルスの冒険者ギルド本部へ呼び出された。

ギルドは独立組織なので、通常、王家が冒険者のランクに言及することはない。

しかし今回、王陛下が昇格を決定したため、改めてギルドマスターが話を聞きたいとのことだった。

そんなわけで、俺達は冒険者ギルド本部の建物を訪れている。

冒険者ギルドの中は活気に満ちており、耳が痛いくらいに騒がしい。受付らしきカウンターや紙の貼《は》られた掲示板、そして食堂兼酒場らしきスペースもあった。

俺達は受付まで行くと、アマンダが面倒そうに髪をかきあげながら、カウンターに肘を乗せる。

「『進撃の翼』の五人だけど、冒険者ギルド本部から呼び出しがあって来た。よろしく頼む」

見目麗しい受付嬢は、カウンターの向こう側で、ぶ厚い書類の束を開いて何事かを確認してから頷いた。

「……はい。南西の国境地帯、未開発の森林で、ドラゴン討伐に協力した功績により、Bランク冒険者からSランク冒険者へと昇格した件ですね。ギルドマスターに確認してまいりますので、少々お待ちください」

受付嬢はそう言って、建物の奥に消える。

待っている間、酒を飲んでいる冒険者達の方から、噂話が聞こえた。

「『進撃の翼』って、女しかいないパーティだろ？　辺境に行ったきり名前を聞かなくなったが」

「そうなのか？　しかしドラゴン討伐って言ってたぞ」

「どこかでドラゴン討伐した奴がいるって噂は聞いてたけど、本当だったのか？」

そんな声を聞いているうちに、受付嬢が戻ってきて、『進撃の翼』の五人が呼び出される。

俺もギルドマスターに会いたかったので一緒についていき、別室に入ると、そこには眼鏡《めがね》をかけた痩身の男性が立っていた。

「私が冒険者ギルド本部を統括するマルコスだ。王家からの書状にあった、『進撃の翼』の五人がSランク冒険者に昇格する件だが、冒険者ギルドも認めよう」

あれ、色々話を聞かれると思ったんだけど、あっさりしてたな。

『進撃の翼』の五人はといえば、正式に昇格が決まったことで、笑顔で抱き合っている。冒険者なら誰もが憧《あこが》れるSランク冒険者になったのだ。心から嬉しいのだろう。

そしてマルコスはアマンダ達の後ろにいた俺に目を留める。俺は軽く会釈をし、口を開く。

「私は彼女達が拠点としているボーダ村と、その周辺を領地に持つ領主です。今回は冒険者ギルド本部にお願い事があり、同行させていただきました」

「エクト・グレンリード男爵ですね。噂は冒険者ギルドにも届いています。お願い事とは何でしょうか？」

「私達の村にほど近い未開発の森林には、まだまだ魔獣が多く生息しています。これから開拓していくのですが、魔獣を狩ってくれる者は多ければ多いほど助かるんですよ。そこで、私の村に冒険者ギルドの支部を置いていただきたいと思いまして」

ボーダ村に冒険者ギルド支部を置いてもらえれば、自然と冒険者が集まる。そこが狙いだ。

「確かに、あの未開発の森林へ狩りに行きたい冒険者は多いです。ですが、魔獣の多さと強さ、そして近隣に拠点となる村がないため、ほとんどの者が避けているんです」

彼の言う通り、近場に拠点がない状態で、危険なエリアに立ち入る冒険者はいないだろう。

だが……

「だからこそ、冒険者ギルド支部を置いていただきたいのです。ボーダ村は日々発展していますし、拠点とするには十分です。村に来た冒険者達には、自由な時間で狩りをしてもらえればいい。そうすれば、冒険者ギルド支部は大量の魔獣の素材が手に入るはず。誰も損をしないでしょう」

「確かに損な話ではありませんね。男爵の望まれることであれば、支部を村に置きましょう。冒険者が集まるかは確約できませんがね」

「募集はこちらでかけるから、よろしく頼みます」

マルコスは眼鏡をクイッとあげて、頭を下げた。

よし、これで準備は整ったな。

俺と『進撃の翼』の五人は別室を出て、カウンターのあった部屋へと戻った。

俺がギルドマスターの許可を取れた合図をすると、リンネとリリアーヌが、事前に準備してくれていた依頼の紙を、掲示板に張り出していた。

ギルドマスターへの相談内容は事前に相談してたけど、あの依頼の紙にどんなことを書いたかは確認してないんだよな。

俺は掲示板に近づき、確認してみる。

『冒険者の皆さん、王国南西部辺境の森林の近くに住んでみませんか？　魔獣狩り放題。時間拘束なし。生活が安定するまで、必要な費用は村が援助いたします。ただし、冷やかしの方、旅行気分の方はご遠慮ください』

ゆるいなー。こんな内容で、本当に冒険者は集まるのだろうか？

というか、冒険者の生活費用を援助することになってるけど、これ払うのって領主の俺だよな？

その隣にも、もう一枚貼られている。

『辺境を開拓発展させませんか？　内政・外交に長《た》けている方や、料理店を開きたい、腕に覚えがある方を募集しています。希望者は直接、辺境地帯の西端にあるボーダ村までお越しください』

いやいやいや、こっちもこっちで本気で募集する気あるのか？　だいたい、直接来てもらうだなんてハードルが高いと思うんだが……

冒険者募集の方の紙には、希望者は明日の昼までに冒険者ギルドの受付に申し出るようにと記載《きさい》してある。

俺達は明日の昼過ぎにはボーダ村へ向けて出発するからだ。

王都ファリス周辺は魔獣の出現が少なく、また兵達が優秀なこともあって、王都を拠点とする冒険者の練度も低い。

それでも冒険者が王都から離れないのは、王都での暮らしを気に入っているからだ。

そんな前提がある中で、しかもこんな募集文で、ボーダ村に来てくれる冒険者が集まるだろうか。

俺は掲示板を見て頭が痛くなってきたのだった。

翌日、そのまま王都を出られるように準備してから冒険者ギルド本部へ向かうと、三十人ほどの冒険者達が集まっていた。

俺達を見て、昨日の受付嬢が挨拶してくる。

「私はアリーと申します。今回は男爵領の冒険者ギルド支部の管理を任されました。よろしくお願いいたします」

「俺は領主を務めるエクトだ。冒険者ギルド本部が動いてくれたことに感謝する。アリーにも苦労をかけるかもしれないが、楽しい村だから慣れてくれると嬉しい」

俺の言葉に、アリーが頷く。

アリーは青い髪をポニーテールにまとめた快活そうな女の子だ。受付嬢をしていただけあって美人である。

しかし、辺境の村の冒険者ギルド支部と言っても、アリー一人で全ての仕事をこなすことができるのだろうか。

俺の顔が難しいものになっていたのだろう、アリーがニッコリと微笑む。

「冒険者ギルド支部の責任者や他のスタッフは後から赴任《ふにん》します。ですから大丈夫ですよ」

その言葉を聞いて安心した。

集まっていた冒険者達も、簡単に俺達に自己紹介した後、アマンダ達『進撃の翼』を取り囲んでいる。

「俺達はドラゴンを討伐して、あなた達みたいなSランク冒険者を目指します！」

「俺は辺境の魔獣を狩りまくって、一財産作ってみせるぜ」

そんな冒険者達の熱い言葉を、『進撃の翼』の五人は、笑みを浮かべて聞いていた。

そして一通り全員の話を聞けたのか、アマンダが俺に目で合図をしてくる。

「さあ、ボーダ村に帰ろう！」

俺はそう言って、リンネ、リリアーヌ、アリーと共に馬車に乗り込む。

荷馬車は置いていくことになったので、帰りの馬車は一台だ。御者は『進撃の翼』の面々に任せて、俺はゆっくりすることにしている。

「皆、準備はいいな？　出発だ！」

アマンダの号令で、御者をしてくれているセファーが馬車を動かし始める。

俺達はこうして、ボーダ村への帰路についた。


それから約一ヵ月半をかけて、俺達はようやくボーダ村に戻ってきた。

行きとは違って荷馬車や荷物はなくなったが、多くの冒険者を連れてきたこともあり、彼らの進行速度に合わせたため、時間が掛かってしまった。

ボーダ村の表門の前で馬車を停めて降りると、俺達に気付いたエドが外壁の上から笑顔で手を振ってくるので、俺も笑みを浮かべて手を振り返す。

冒険者達は、こんな辺境にしっかりした外壁を持った村があることに、心底驚いた様子だった。

すぐに開いてもらった表門を潜ると、オンジがニコニコと笑って俺を出迎えてくれた。

「ただいま、オンジ。少し帰りが遅くなっちゃったよ」

「おかえりなさいませ、全く問題ありませんですじゃ。この村は、この通り安全ですからのう」

「留守の間、何かあったかい？」

「実に穏やかなものですじゃ」

オンジは柔らかく微笑む。本当に何も問題事はなかったらしい。

「そちらの、後ろにいる方達は何者ですじゃ？」

「王都ファルスから冒険者を連れてきたんだ。周囲の魔獣を狩ってもらうつもりでね。それと、この村にも冒険者ギルド支部ができる」

俺の言葉に、オンジは驚いたように目を見開く。

「段々と村が大きくなっていきますな。活気があって良いことですじゃ」

「それから、男爵の位を貰ってきたよ。これでボーダ村とこの一帯は、辺境伯領じゃなくて俺のものになった。これからボーダ村は大きくなるよ」

「それはおめでとうございますじゃ。エクト様の好きなようにされるといいですじゃ……それでは、冒険者の方々の案内もあるでしょうから、わしはこれで失礼しますじゃ」

オンジがそう言って去った後、俺は冒険者を引き連れて、農耕地の近くにある空地へと向かう。

まずは冒険者達が住む宿舎を建てないといけないからな。

空地に到着した俺は、両手を地面につけて、土魔法で五階建ての宿舎を作っていく。一部屋一部屋は広くないが、ワンルームマンションのようなイメージだ。

いつも通りの手順で、大体三十分くらいで完成した。今回もオラムに内装を任せると伝えると、ニッコリと笑って宿舎の中へ走っていった。

とりあえず、大体の間取りを伝えて、冒険者達には自分の部屋を決めてもらう。オラムの内装が終わったら、すぐに入居できるだろう。

そして俺、リンネ、リリアーヌ、アリーの四人は俺の家に、オラム以外の『進撃の翼』の四人も自分の家へと戻る。

リリアーヌは、本格的にボーダ村に移住するので俺の家に住むことに、アリーについても冒険者ギルド支部の建物ができるまでは、我が家に泊まってもらうことになっている。

久々に入った家の中は、随分と懐かしい感じがしたが、やはり落ち着く。ちなみに、オンジが気を使って人を手配してくれていたようで、家の中はかなり綺麗だった。

荷物を片付け終えたところで、リンネ、リリアーヌ、アリーの三人は、露天風呂に入りに行ってしまった。

俺はといえば、リビングのソファーに座って目を瞑り、この数カ月のことを思い出す。

王都行きは忙しかったが、楽しい思い出ができたと、思わず笑顔になる。

そうしているうちに、俺はうとうとしていたようで、ふと気が付くと、リンネ、リリアーヌ、アリーの三人がいつの間にか露天風呂から戻ってきていた。

三人とも、肌がピンク色に染まっていて艶《なま》めかしい。

ちょっぴりどぎまぎしていると、リリアーヌが近づいてくる。

「エクト、男爵になりましたが、これからどうボーダ村を発展させていきますの？」

「そうだな、これを見てくれ」

俺はテーブルの上に、ボーダ村と近辺の地図を置く。

この地図には、ボーダ村を中心として、森林付近の村が赤い点で書かれてある。宰相閣下に用意してもらったものだ。

「辺境伯の手がほとんど回っていなかったように、危険な森林に接するこのエリアで、一つ一つの村を分割管理することは難しい。だから、この一帯の村々を、一つにまとめようと思うんだ」

「未開発の森林付近の村々を、ボーダ村へ統合しようということですの？」

「そうだ。ボーダ村の付近には、今はなくなってしまったボウケ村の他に、ゴーズ村、カース村、ゲイン村、ラーマ村、クード村の五つの村がある。それらの全住人達に、ボーダ村に来てもらう」

リリアーヌは話を聞いて、目を丸くしている。

「ボーダ村は今でも敷地がギリギリですわ。どのように、その人達の住まいや農地を確保するんですの？」

確かにリリアーヌの言う通り、だいぶ余裕はなくなってきている。

「今ある外壁の外側にもっと大きな外壁を作って、その中で村ごとに区画を設けて、暮らしてもらおうと思っているんだ」

「なるほど、それでしたら広さの問題はありませんし、トラブルも少なそうですわね。外壁を作るのは誰がしますの？」

「もちろん俺だよ」

俺の言葉に、リンネが力強く頷く。

「エクト様なら可能です。今の外壁も、あっという間に作ってしまいましたから。でも無理はしないでくださいね」

「これぐらいの仕事なら大丈夫さ」

リンネに微笑む俺のことを、リリアーヌが不思議そうな顔で見ていた。

「村の水道の配管、下水道の配管は誰がされますの？」

「それも俺だね。他にできる者がいないからね」

リリアーヌが不満げな顔で紅茶を一口飲む。

「それでは全てエクトが準備することになりますわ。領主であり、男爵なのですから、そういった作業は他の者に任せてもいいのではないですか？」

「領主だからこそ、皆のために働かないとね。そうしないと誰も俺の言うことに賛同してくれなくなるよ」

俺の返事に、リリアーヌはまだ何か言いたそうだったが、結局は受け入れてくれた。

「エクトの考えはわかりましたわ。でも無理はしないでくださいまし」

「心配してくれてありがとう。適当に休憩はするよ……さて、俺も風呂に入ってこようかな。旅の汚れを落とさないとね」

俺はソファーから立ち上がり、まっすぐに露天風呂に向かう。

お湯に浸かると、自然と「ふー」という声が出てしまった。やはり露天風呂はリラックスできる。

「お疲れ様です。今日は何も考えずに、ゆっくりとお休みになってください」

目を瞑り、一人リラックスしていると、いきなり隣から声をかけられた。

振り向けば、お湯に浸かったリンネがニッコリと笑っていた。二つの双丘が湯船に浮かんでいる。

「ちょ、何しにきたんだ？　さっき入ったばかりだろう！」

「エクト様のお背中をお流ししようと思いまして」

「体は自分で洗ったから大丈夫だよ。メイドだからってそんなことしようとしなくていいんだぞ？　それにいつも言ってるけど、混浴は良くないだろう」

「メイドだから、という理由でエクト様のお世話をしているつもりはありません。私はエクト様のお世話をするのが大好きなのです」

そこまで言われると、露天風呂へ入ってきたことも、強く怒れないな。

リンネが俺の両手を自分の両手で包み込んで、胸の谷間に持っていく。そして幸せそうに、穏やかに微笑んだ。

「私が今生きていられるのは、アルベド様とエクト様のおかげです。そしてエクト様は私に自由を与えてくださいました。私はそれだけで十分に幸せです」

リンネの笑顔は、心底幸せそうに見える。

「リンネ、これからも皆で幸せになっていこう。そのためには、リンネにも苦労をかけると思うけど、俺を支えてほしい」

「どんなことでも、私にだけは相談してください。いくらでも受け止めます。些細《ささい》なことでも構いませんから」

「ありがとう、気が楽になったよ」

俺はリンネの体から視線を逸らして、青空を見上げて笑みを浮かべる。

空を見ていると、やっとボーダ村に帰ってきた実感が湧いてきた。

第14話　ボーダ村の再開拓と新たな人材

翌朝、俺は朝の日差しを浴びながら、久々に自分のベッドで目覚めた。

着替えてから一階のダイニングへ向かうと、リンネが鼻歌を歌いながら、朝食の準備を進めていた。

朝食はすぐに出来上がり、リンネ、リリアーヌ、アリーの三人と一緒に食べていた時、リリアーヌが尋ねてきた。

「そういえば、今日は何をするんですの？」

「そうだな、村の拡張のためにどんな作業が必要になるか、一通り試してみようと思ってたんだけど……皆、ついてくるか？」

三人とも頷くので、食事が終わってすぐに俺達は家を出た。

まずは外壁の外に出て、以前と同じ要領で今回は三方の森を一キロメートルほど切り拓く。

そして、現在の外壁はそのままに、今切り拓いたばかりの土地の外周に新しい壁を作ることにした。

要するに、元々あるものの一キロ外側にもう一つ外壁を作って、二重構造にしたのだ。これからは内側を第一外壁、外側を第二外壁と呼ぶことにした。

外側の壁は、サイクロプスがまた現れるかもしれないことを考慮して、内側の壁よりも高めの、高さ十メートル、幅三メートルにしている。

やることは以前と変わらず、土を動かしたり土壁を作ったりするくらいなのだが、以前よりもはるかに長い距離の作業になるので、魔力を相当使うことになる。

とりあえず今日は、あくまでもどんな作業が必要なのかを確認するだけだ。

外周の壁を全て作っていたら時間もかかるし、魔力も足りなくなるかもしれないので、今日のところは一部だけにして、次は住宅地と農耕地の位置取りを考えることにする。

するとそこで、リリアーヌとアリーが口をポカーンと開けて、呆然とした顔で俺を見ているのに気付いた。

「こうして村を大きくしていたのですね。それにしても広大な敷地面積ですわ」

「はい、こんなやり方、見たことがありません」

「まあ、土魔法も皆が思っている以上に使い道があるってことだよ。広さについては、五つの村の

人々を受け入れるんだ。これぐらいの土地は必要になると思うよ」

俺はそう言って、続けて区画を分けるイメージで地面に線を引いていく。

大体の道の場所を決めたら、その両側に土魔法で家を作る。

平屋の一軒家タイプと三階建ての長屋タイプ、両方とも用意するかな。

まあ、いずれにしても今日は外観だけだ。

徐々に家の数を増やして、内装についてはオラムや他の職人達に任せようかな。

リリアーヌが建物を見て、納得したように大きく頷いている。

「ボーダ村の建物が似たような外観なのは、全てエクトが作っていたからなのですわね」

「そういうことだ。俺にはデザインセンスはないからな。そういうのは苦手だ。オラムの方が、センスがあって上手い」

リンネがふわりと微笑む。

「人には誰でも得手《えて》、不得手があるものです。全てをご自分でされる必要はありません」

確かにそうだ。俺は村人達が住みやすいように下準備をしておけばいい。

それから農耕地になりそうなエリアに《土壌改良》を使って回れば、とりあえずこの区画の作業は完了だ。

あ、そうだ。各家に地下水脈から繋がる水道を設置して、下水道も繋げないと。

とりあえず、下水道は今のままだと流れ込む水量が足りない気がするので、地下道を拡張しないといけないな。

俺はリリアーヌ達を連れて、裏の森の中にある川の横の下水道入口に向かう。

作業のためいったん水をせき止め、地下道に入って、土魔法で通路を押し広げていく。

その光景を見ながら、アリーが感心したように頷いた。

「王都ファルスでも、地下の水道や下水道が迷路のように広がっていますが……実際に見るのは初めてです。このようにして家々と繋がっているのですね」

「ここは僻地の村だから、王都と比べると規模は違うけどね」

俺が苦笑しながらそう言うと、リリアーヌが不満そうに俺に体を寄せてくる。

「エクトがこんな苦労をしていることを、村人達は知っているのかしら？」

「『進撃の翼』の五人は知っているね。他に知っている者はいないと思う。俺から村人達に話したことはないし」

「これだけ苦労しているのですから、村人達にも知ってもらった方がいいですわ。そうしないと、エクトの努力が報われませんわ」

「わざわざ自慢したりしないよ。褒められるためじゃなくて、快適に住んでほしくてやってることだからね」

そう言うと、リリアーヌは渋々だが納得してくれたようだった。

それからしばらく作業を進め、村の下に辿り着く前に今日の作業は終了することにした。

なにせ、そろそろ異臭がしてくる頃合いだからだ。

それに、さっき新しく作ったエリアに地下道を繋げてもいいのだが、そもそも地下道の中は狭く、暗く、空気が悪い。三人の女子のことを考えれば、今日はここまでにした方が良い。

そろそろいい時間だし、リリアーヌ達も疲れただろうからな。

というわけで、皆で地下道を戻っていく。

地上に戻ると、日差しは眩しいが気持ち良く、やけに空気が美味しく感じられた。

しかし、地下道に潜っていたので全員泥だらけだ。

「ちょっと休憩したら、家に戻って風呂へ入ろうか」

「はい、そうしましょう」

「早く入りたいわ！」

「体がベタベタで気持ち悪いです……」

リンネとリリアーヌは目を輝かせ、アリーは自分の服を引っ張って、体に張り付いた服を引き離していた。

村に戻った俺達だったが、泥だらけの格好のせいか、村人達は珍しいモノを見るような視線を向けてくる。

「こんなに頑張っているのに、あんな視線を向けられるなんて、恥ずかしすぎますわ」

リリアーヌは汚れた服を摘まんで、ブツブツと文句を言っていた。

家の中に入ると、女子三名は急いで露天風呂に向かう。

俺はといえば、このドロドロの格好のままリビングのソファーに座るわけにもいかないので、玄関で座り込んでいたのだが、そこへオラムがニコニコしながら現れた。

「今日はエクト、仕事をしてたでしょ。随分と大きな仕事みたいだね」

「わかるか？」

「村の外壁に登って外を見ていたからね」

オラムは相変わらずニコニコしたままで楽しそうだ。

「オラムにも手伝ってもらうことになると思う」

「うん、だろうなと思ってた。僕もできる限り頑張るよ」

「ありがとうな。それで、オラムは今日は何しに来たんだ？」

「そうそう、今日、露天風呂を貸してくれないかな？　アマンダ達も入りたいって言っててさ」

「ああ、俺が使った後で良ければ、自由に使ってくれて構わないぞ」

「わかった。皆に伝えてくるね」

オラムは大きく手を振って、玄関から走り去っていった。


第二外壁を作り始めてから十日が経った。

第二外壁や家々も完成し、下水道もしっかり整え終わっている。

さらに、第一外壁の内側には、冒険者ギルド支部用に、三階建ての建物も新たに作っている。アリーは今後、そちらで寝泊まりする予定だ。

ついでに俺の家も増築してみた。

部屋を増やすために三階建てにして、周囲に高い建物も増えてきたので、家を囲む塀も以前より高くした。

これで周囲の村の人達を、このボーダ村に呼び寄せることができる。

というわけで、今日はその周囲の村、ゴーズ村、カース村、ゲイン村、ラーマ村、クード村の村長達に集まってもらった。

伝令には、俺が男爵としてこの一帯の領主になったこと、そして村の運営に関して重要な話があることを伝えてもらっている。

やってきた村長達は、まずは第二外壁と村の広さに驚き、そして第一外壁に驚き、続いて村の建物に驚いているようだった。

広場に集まってもらっているのだが、今もきょろきょろしている。

そんな中、俺、リンネ、リリアーヌ、オンジの四人は、各村長達の前に立つ。

「集まってくれてありがとう。まずは挨拶からしようか。この度、男爵となって、皆の村の領主となったエクトという。よろしくね」

俺の言葉を聞いて各村長達は平伏する。

彼らの村には今までも辺境伯という領主がいたが、実際に辺境伯自身がやってきたことはなく、実質初めての領主が現れて、戸惑った様子の者もいる。

そんな彼らに、俺は丁寧な口調で説明をし始める。

「実は先日、皆の村を見学させてもらった。どの村も、街道に面する方向以外の三方を、未開発の森林に覆われている。柵なども簡素なもので、魔獣達に襲われたら、村が壊滅する危険性があると判断した。そこで、各村にお願いなんだけど、ここに——ボーダ村に移住してくれないだろうか。高くて頑丈な壁に守られているから、魔獣達に怯える必要もないだろう。だからよろしくお願いしたい」

そんな俺の言葉に、一人の村長が立ち上がって、俺に質問をする。確かカース村の村長だ。

「それは領主様としての命令ですか？」

「……うん。そうだね。最初の命令ということになるかな。あまり命令はしたくないんだけどね」

「ボーダ村に移るにしても、私達の住居や、畑などはどうなるのでしょうか？」

「もしかしたらもう既に見ているかもしれないが、住居も農耕地も用意してある。これから案内するから、自分の目で確かめてほしい」

俺の言葉を聞いて、カース村の村長は難しい顔になる。やっぱり受け入れがたい話だろうか。

すると、オンジが柔らかい笑みを浮かべて、各村長達を見る。

「村長の皆さん、お久しぶりですじゃ。ボーダ村の村長のオンジですじゃ。エクト様が領主になられてから、ボーダ村は安全で快適になっていますじゃ。ぜひ、ご自身の目で見て実感していただければ……それでは皆さん、行きますぞ」

今日はオンジ、リンネの二人で、各村長を連れてボーダ村の中を案内することになっている。

各村の村長達は立ち上がって、オンジとリンネの後に続いて広場を去っていった。

そんな彼らを見送りながら、リリアーヌが腰に手を当てて、微笑んでいる。

「あれだけ苦労して各村の区画を作ったのですもの。村長達も納得してくれますわ」

からね」

「そうだといいんだけどね。各村の人達には、できるだけ自主的にボーダ村へ集まってもらいたい

「エクトは男爵になり、領主となったのですから、もっと堂々としていれば良いのですわ」

まだなったばかりだから、自分でも慣れないんだよな。

俺とリリアーヌがしばらく待っていると、ボーダ村を案内された村長達が、オンジとリンネに連れられて戻ってきた。

各村長達はとても興奮しており、広場に着くなり、俺に向かって平伏する。

さっき難しい表情をしていたカース村の村長が立ち上がり、代表として頭を下げる。

「ボーダ村を案内してもらいました。自分達の住む区画と、住居と、畑も見学しました。私達を受け入れるために、全てご用意してくださったこと感謝いたします」

「それでどうかな？　移住してきてくれるかな？」

「見学している間に、各村の村長達とも意見交換をいたしました。今の危険な村よりも、ボーダ村でお世話になった方が、村人達も安全に暮らせるだろうと、意見が一致しました。五つの村、全ての村人はボーダ村へ移住いたします。よろしくお願いいたします」

色々と問題を提示されて、ボーダ村への移住を拒まれるのではないかと思っていたが、先に区画、住居、農耕地を用意しておいたことで、各村長達はあっさり受け入れてくれたようだ。

それから一ヵ月も経たない間に、ゴーズ村、カース村、ゲイン村、ラーマ村、クード村の五つの

村の村人達は、ボーダ村へと移住してきた。

ボーダ村も人口が大幅に増え、村と呼べる規模を超えてきたということで、皆は城塞都市ボーダと呼ぶようになった。

また、五つの村の狩人達は、狩人部隊に編入することになった。

二百五十人ほどの狩人が加わり、これで狩人部隊の隊員の人数が四百人超えだ。

ただ、これではあまりにも狩人部隊の人数が多いため、二百人をボーダ警備隊とし、残りを狩人部隊として、役目を分けることにした。

ボーダを守る警備隊の隊長はエドが務め、森に入って魔獣を狩る狩人部隊の隊長はルダンが務めることになった。

ただ、ボーダ警備隊と狩人部隊を分けたことで仲が悪くなってしまうのは避けたいので、駐屯地を五階建てに増築し、共同で使用してもらうこととなった。

緊急時には、ボーダ警備隊も狩人部隊も、俺の私兵になるように特訓されている。

各村の村長達は、そのまま自分達の住んでいる区画の長に収まった。

それから、行政関連の機能を集約した内政庁が入る五階建ての建物を、第一外壁の内側に作った。

今のところ区画長達の会議以外に使用していないが、人材が集まれば行政府として機能するだろう。

また、緊急時に備えて、第二外壁に物見の塔《とう》が増築されたのだった。

そうして城塞都市と呼ぶにふさわしい風貌《ふうぼう》になってきた頃、アルベドの商団がボーダ村へとやってきた。

物見の塔からの報告によると、商団には多くの人々が随行しているそうだ。

報せを受けた俺、リンネ、リリアーヌの三人は、内政庁の前でアルベド商団を待つことにする。

じきに馬車がやってきて、降りてきたアルベドと握手をしつつ、再会の挨拶を交わした。

「お久しぶりです、エクト様。遅くなりましたが、男爵になられたとのことでおめでとうございます。それにしても、あの外壁と物見の塔には驚かされましたよ。ボーダ村も大きくなったものですね。ここまでとは、私の予想をはるかに上回りましたね」

「ありがとう。村のことも、そう言ってもらえて嬉しいよ。それで、商団と一緒に来た人達は何者かな?」

「王都ファルスの冒険者ギルド本部で求人募集を依頼されていたでしょう? その募集に応募された方々です。どうせ目的地が一緒なら同行して、まとめて護衛を雇った方がいいということになり、連れて参りました」

おお、あの求人への応募者か! すぐにでも面接をしたいところだ。

アルベドはそんな俺の内心を見抜いたかのように、満面の笑みを浮かべている。

「喜んでいただけて良かったです。さて、私はカイエの商店に向かいましょう」

「ああ、カイエの商店は、売り場も倉庫も拡大しておいたぞ。カイエ一人では店の管理ができないので、今は街の者を雇って対応しているよ」

「それはとても楽しみですね。カイエが忙しそうにしているところを見るのは楽しいですからな。

それでは私は、これで失礼しますね」

アルベドは馬車に乗り込むと、商団の者を引き連れて去っていった。

さて、ここに残っているのは応募者ということだが……こうもキラキラした目を向けられていると、少しやりづらいな。

とはいえ、そうも言ってられないので、俺は気を取り直して声をあげる。

「今回は求人に応募していただき、ありがとうございます。まずは皆さん、この建物――内政庁の中へ入ってください。一人一人面接いたしますので」

俺、リンネ、リリアーヌの三人は、応募者を連れて内政庁の中へと入る。

彼らにはいったん大部屋で待機してもらい、一人ずつ執務室に呼び出して、俺達三人と面接する形にした。

今回特に欲しい人材は、内政を得意とする者、そして外交に通じている者だ。

ただ、思っていた以上に料理人が多かった。そのほとんどが、王都で料理の修行をして、店を持てなかった人達だ。

とはいえ現在、ボーダには広さのわりに料理店が少ない。料理店が増えれば、それだけ街に活気が出ると考えた俺は、すぐに店舗を作ることを決め、全員採用することにした。

そろそろ料理人以外の人材が来ないかなと思っていた頃、少し頭の禿《は》げた、壮年の男性の番になった。

「イマールと申します。つい先日まで、王都の城内で行政長官の補佐として働いておりました。ですが、このボーダ村の噂を聞き、自分の能力を生かせるのでは思って応募しました」

「仕事はキツくなると思うけど、それでも大丈夫かな？」

「はい。内政官を務めるだけの技量があるとも、自負しています」

「わかった。内政……ってほどのことじゃないけど、この村の政治の仕組みとかは俺とリンネ、区画長達で取り仕切ってるから、とりあえずリンネに内容を聞いてくれるかな？　それから決めてくれても遅くないよ」

俺はリンネに目配せをする。内政に携わるということは、ミスリル鉱脈のことを知ることにもなる。よほど信用のおける人材でないと採用できないだろう。

リンネは俺の言いたいことが伝わったのか、深く頷く。

「それではイマールさん。これからボーダの内政について説明させていただきます。ここは面接で使用していますので、別室でお話しいたしましょう」

「よろしくお願いいたします」

リンネとイマールは席を立ち、別室へと移っていった。

また一人、面接室へと入ってきた。料理人や内政官というよりは、冒険者に近い見た目だ。

彼は椅子に座るなり、さっそく口を開く。

「俺はアントレと言う。俺を雇うと外交が上手くいくぜ、損はないはずだ。即で決めよう」

すごく自信満々だな。

「いきなり会って、すぐに採用はできない。少しは実績《じっせき》を話してくれ」

「過去の話は面白くない。今の話をしようぜ」

何とも、掴みどころがない男だ。普通なら落とすところだが面白そうだ、話だけでも聞いてみよう。

「わかった。それじゃあ、今の俺達が抱えている問題点は何だと思う？」

「そうだな。今、ボーダはようやくこの規模になったばかりで、政治的なものは領主である男爵と、各区の区画長達が話し合いで決めている状態だ。間違いないか？」

「そこに何か問題でも？」

「このボーダは村の寄せ集めと言っていい。だから村同士の確執があるように、地区同士の確執が必ず生まれる。これが一つ目の問題点だな……まあこれは、男爵や内政を担当するやつらが上手くやればいいんだが」

確かにアントレの言っていることは当たっている。

今は問題なく過ごせているが、いつか各区画ごとの揉《も》め事《ごと》が起こるだろう。俺もそれは予測している。

「次に、隣の領土であるアドバンス子爵だな。仲良くやっているようだが、彼は根は善人でも、常に利益を追い求める、商売人気質を持った貴族だ。油断するとボーダの利益を狙っている可能性がある。十分に注意が必要な人物だ」

これも当たっている。アドバンス子爵は善人ではあるが、何の利益もなく動くタイプではない。

俺の後見人になっているのは、ミスリル鉱石を流しているからというのも大きいだろう。

「それと最も注意しなくてはいけないのは、グレンリード辺境伯だ。辺境伯にしてみれば、未開発の森林とその付近の領土をかすめ取られた形だ。今頃は自分達で未開発の森林を開拓しておけば良かったと後悔していることだろう。これだけの急発展を遂げた裏には秘密があるに違いないと、何かをしてくる可能性はある」

そう、一番の懸念点はそこだ。

やはり父上は俺のことを認めていないのだろうか。兄上達も、自分達が未開発の森林を開拓しておけば良かったと考えているだろうな。

「ボーダ村は五つの村を併合して、一つの城塞都市となった。未開発の森林の魔獣に備えて城壁を作ったように見えるし、実際にその側面もあるだろうが、本命は辺境伯への備えだろう？　この作戦は大当たりだ、グレンリード辺境伯も容易に手が出せないはずだ……そんな戦略をとれる男ならと、俺は男爵に仕えようと決めたんだぜ」

見事に俺の考えを見抜いている。適当に見えて、アントレは随分と優秀なようだ。

「しかし、まだ盲点《もうてん》があるぜ。問題はファルスフォード王国内だけじゃない。最大の懸念事項は、実はミルデンブルク帝国だ。アブルケル連峰と未開発の森林にお宝が眠っているとすれば、軍事国家のミルデンブルグ帝国は必ず狙ってくるだろう」

これもアントレの言う通り。ミルデンブルク帝国のことは、常に頭に入れておかないといけないだろう。

「……アントレ、わかった。お前を採用しよう。お前のことを試したくなった。後で打ち合わせをしよう」

「いいぜ。いくらでも試してくれ」

アントレは嬉しそうに、満面の笑みを浮かべて、執務室から出ていく。

それからは面接がスムーズに進んでいき、最後の一人が執務室へと入ってきた。

「王家に仕えている宮廷魔術師のオルトビーンだよ。賢者《けんじゃ》とも呼ばれている。城から逃げてきちゃった。面白そうだから、ここで雇ってよ」

へらへらしながらそう言う彼を見て、リリアーヌが立ち上がって叫んだ。

「オルトビーン様！　どうしてここにいらっしゃるのですか？」

リリアーヌはあり得ないモノでも見るような目でオルトビーンを見る。

確かにこんな辺境に、宮廷魔術師、しかも賢者と呼ばれるような者が来るのは変だ。

オルトビーンは穏やかに微笑んで、リリアーヌに小さく手を振って答えた。

「王都も王城も安定しているからね。その割に書類仕事が多くて、嫌になっていたところだったんだよ」

そんな言い訳で、こんな僻地の城塞都市へ来ていいのか？

「それに、王城には転移魔法陣があるから、それを使えば、すぐに戻れるからね」

オルトビーンは爽《さわ》やかにウィンクして見せる。

これは何を言ってもダメなタイプだ。自由にやってもらうしか方法はなさそうだ。

しかし、転移魔法陣は今は失われた古代の魔術のはず。魔術とは魔力を使用した技術で、魔法とは全く別のものなのだが、今は使い手がいないと聞いていた。

それを使えるとは、さすがは賢者と言ったところか。

「俺もエクトって呼ぶからさ。エクトもオルトビーンと呼んでよ。俺はエクトの相談役という立場でいいからね」

ポジションまで勝手に決められてしまった。いや、全然いいんだけどさ。

リリアーヌが席から立ち上がり、「お話があります」と言って、オルトビーンの腕を引っ張って、強引に執務室から出て行った。

オルトビーン……宮廷魔導師で賢者、か。王家の意志が絡んでいてもおかしくはないよな。

執務室に一人残された俺は、天井を見上げて、これからのことを考える。

とりあえず、アントレが外交官、オルトビーンが相談役。それから、イマールが問題なさそうなら、内政関係の長官を任せても良さそうかな。

まあ、あとはやってみて、なるようになるか。

第15話　ダンジョン

次の日、リンネ、俺、イマールの三人は内政庁に集まった。

結局、イマールは問題ないとの判断で、内政長官に就任してもらったのだ。やはり王城での実績があるというのと、本人の意欲が強いのは大きかった。

それで、なぜ集まっているかというと、イマールを区画長達に紹介するためだ。

これから問題事があれば、区画長達から一度、内政長官であるイマールに話を通すことになる。

説明を聞いた区画長達は、素直に納得してくれた。

しかしその際、「元の村が今どうなっているのか気になる」と区画長全員が訴えてきた。

今は住んでいなくても、元は自分達の村で、ご先祖様の墓もそのままにしている。このままでは森林に覆い尽くされてしまうのではないか……と心配しているようだ。

「そうだな。流石に村に戻してやることはできないが、森林に村が呑み込まれないように、壁とか柱で囲ってみることを検討するよ。そこに村の名前を彫《ほ》ってもいいかもしれないな、そうすれば子孫達に話して聞かせられるだろう」

俺がそう言えば、皆ホッとしたように笑みを浮かべる。

そんな中、ゲイン村の元村長が、遠慮気味に小さく手を上げた。

「実は私の村は、元々はダンジョンの入口の監視の役目を与えられていました。ダンジョンが休止し、その存在が国に忘れられてからも、ずっと監視しておりました。移住の話があった際、離れても問題ないと思って受け入れたのですが、こうして村を離れてみると、不安になりまして……」

おいおい、そんな話は聞いてないぞ。これはすぐに調査に行かないといけないな。

「わかった。冒険者ギルドへ依頼して、今のダンジョンの様子を調べておこう」

休止中なら心配ないと思うが、ダンジョンは未知の領域だ。何が起こってもおかしくない。

そもそもダンジョンというのは、魔獣が多く生息するエリアを指す。当然危険だが、素材や魔石を求めて、冒険者はダンジョンへと向かう。

しかし謎が多く、わかっていることは多くない。

ダンジョンの内部で魔獣が産み落とされるということ。年月が経てば経つほどに、ダンジョンの規模は大きくなり、最下層が深くなるということ。最下層のダンジョンボスを倒せば、ダンジョンの動きが停止するということ。

それくらいしか俺は知らない。

それが休止中とはいえ、このあたりにあったなんて。

そんなことを思っていると、他の区画長達も次々に手を上げて、自分達の村もダンジョンの入口を監視していたと言い始めた。

いったいどういうことだ？

もしかすると、このあたりで昔からある村々は、ダンジョンの入口を監視するためにできたのかもしれないな。ダンジョンの入口は一つとは限らないので、監視していたのは全て同じダンジョンのものの可能性がある。

「わかった、全てのダンジョンの入口を調べよう」

区画長達は、安心したような顔で微笑んでいる。

「エクト様、休止中とのことではありますが、早急に動いた方がいいかもしれません。あとは私が詳細を聞いておきますので、まずは調査依頼だけでも、冒険者ギルドに出した方がいいでしょう」

「わかった、ここは任せるよ」

イマールと区画長は、ダンジョンについて詳細を話し合うことになり、俺とリンネは冒険者ギルドへ向かった。

冒険者ギルドは、アリー以外にも複数の職員が派遣されていて、冒険者が増えたこともあって大盛況のようだ。

忙しそうなアリーを、申し訳ないと思いつつ呼び止める。

「アリー、ちょっといいか？」

「エクト様がギルドまでお越しになるなんて珍しいですね」

「ああ、今回は依頼があってね。元ゴーズ村、カース村、ゲイン村、ラーマ村、クード村の五つの村の近くに休止中のダンジョンの入口があることがわかったため、その現状を調査してもらいたい。区画長がダンジョンの入口の場所を知っているから、詳しくはそちらに聞きに行くようにしてくれ」

「依頼料はどうされますか？」

「一人金貨三枚で頼む。中には入らず、入口を調べてもらうだけでいい」

「わかりました。他に何かありますか？」

「そうだな、元ボウケ村とボーダの近くにも、ダンジョンの入口がある可能性がある。その調査も依頼したい」

「依頼料は同じですか？」

「ああ、同じでいい。両方とも、一週間後までに頼むよ」

アリーはさっそく依頼書をまとめると、ギルドの掲示板へ貼りに行った。

俺からの依頼ということで、どんな内容か気になっていたのだろう。ギルド内にいた冒険者達が椅子から立ち上がり、掲示板を見にいく。

まあ、普段から森林に出入りしている冒険者にとっては、難しい案件ではない。すぐにでも誰か依頼を受けてくれるだろう。

俺とリンネの二人が、冒険者ギルドを出て家に戻ると、リリアーヌとオルトビーンがリビングで紅茶を飲んでいた。

そういえば昨日なんの話をしていたのか聞いたけど、教えてもらえなかったんだよな。

そう思いながらオルトビーンを見ていると、リリアーヌが尋ねてくる。

「区画長達との話し合いは上手くいきました？　イマールは内政長官が務まりそうかしら？」

「とにかく顔合わせは上手くいった。区画長達から懸念事項も聞けたし、イマールに関してはこれからだね」

「区画長達の懸念とは何ですの？　気になりますわ」

特に隠す必要もないので、元の村が森林に呑み込まれないかと気にしていたことと、最近併合した村に、休止したダンジョンの入口を監視する役目があったらしいことを伝える。

「もしかすると、ボーダやボウケなんかも、そういう役割があったのかもしれないから、そのへんも合わせて、冒険者ギルドに調査を頼んだよ」

俺がそう話を締めると、オルトビーンが険しい顔をして、俺を見つめてきた。

「七つの入口を持つダンジョンか、十分あり得る話だね。でも、おかしいな。ファルスフォード王国内にもダンジョンはたくさんあるけど……」

オルトビーンはアゴに手を当てて考え込んでいる。

「オルトビーン、何を考えているんだい？」

「休止中のダンジョンなんて、今まで聞いたことがないんだよ！」

え！　休止中のダンジョンはないって……いったいどういうことだ？

俺が驚いていると、オルトビーンがギリギリ聞こえるかくらいの声で呟いた。

「これは森神様に話を聞いた方がいいかもしれないね」

森神様って、あのグリーンドラゴンだよな？　なぜボーダに来たばかりのオルトビーンが、森神様のことを知ってるんだ？


翌日、俺とオルトビーンは二人で、グリーンドラゴン、森神様の丘までやってきた。

本当はもう少し信頼できるようになってからと思っていたが、緊急事態ということもあり、今回は例の地下道の、森神様の丘近くの出口を使った。

「まさか未開発の森林の地下に、こんな地下道があるなんて、思ってもみなかったよ。ボーダからアブルケル連峰の麓まで繋がっているんだろう？」

「ああ、これは俺達だけの秘密にしてほしい。実は少数の者しか、地下道のことは知らないんだ」

「わかった。誰にも話さないよ。それにしても立派な地下道だね」

地上に出たところで、オルトビーンは心底感心したようにそう言っていた。

賢者に言われると悪い気はしないな、なんて思いながら目の前の丘を眺めていると、地面が揺れ出し、森神様が首を上げる。

〈おおー！　オルトビーンではないか、久しいのう！　それにしてもお前は全く成長しておらんな！〉

「これでも二十五歳になりましたよ。師匠《ししょう》、お久しぶりです」

ん？　師匠とはどういう意味なんだろう？

「エクトには説明しておくよ。俺はこの森林に捨てられていたところを師匠に助けられて、ボーダ村の孤児になったんだよ。そして師匠に魔法のいろはを教えてもらったんだ」

なるほど、オルトビーンはボーダ村の出身だったのか。今の境遇を聞けば、昨日森神様を知っている素振《そぶ》りだったのも頷ける。

俺が納得していると、オルトビーンが口を開く。

「そうだ。エクトは魔法を使えるのは、スキルのおかげだと思っているでしょ」

「託宣の儀で土魔法のスキルを貰ったからな」

「皆同じように思っているだろうね。でも、実はそうじゃないんだ。スキルとは発現しやすい特性のことでしかなくて、体内の魔力を自在に使いこなせれば、どんな魔法でも使えるのさ」

は!?　そんなこと聞いたことがないぞ。

「それじゃあ、俺も三属性魔法を使えるようになるというのか？」

「スキルの適性は低いけど、練習すれば他の魔法も使えるようになるよ。それで俺は六属性全ての魔法が使えるようになって、賢者と呼ばれているんだよ」

「どうしてそんなことを知ってるんだ？　それに、なんで誰でも使えるようになるってことを、国や他の奴らには黙っているんだ？」

「どうして知ってるかって言ったら、師匠に教えてもらったからだよ」

オルトビーンの説明によれば、その際に転移魔法陣などの古代魔術や念話も教わったらしい。

森神様は数百年と生きている、神獣《しんじゅう》とも呼ぶべき存在だ。古代文明の知識を知っていても不思議ではない。

「それで黙ってる理由だけど、師匠から誰にも教えるなと約束させられてね」

俺が視線を向けると、森神様は亀《かめ》のような顔にニィっと笑みを浮かべた。

〈人族は欲深い。誰でも六属性魔法が使えると知れば、皆がそうしようとするじゃろう。その結果、どうなると思う？　人族以外の者達はどうなる？　わしら魔獣はどうなる？〉

確かに、六属性の魔法を全て使えるようになれば、それを駆使し、人族の世を作ろうとするだろう。

〈この世界は、この世界に暮らす全ての者達のものじゃ。人族だけのものではないのじゃ〉

「俺も師匠の考えに賛成なんだ。色々な種族、亜人、獣人、魔獣達がいて、本当の俺達の世界なんだ。それを曲げてはいけないと思う」

それは俺も理解ができる。人族だけの世界になっては面白くない。

だが……

「どうして俺に教えたんだ？」

「エクトのことを師匠が許しているからだよ。師匠の見る目に間違いはないからね」

なるほど、オルトビーンは今でも森神様のことを敬っているんだな。

「――それで師匠、話は変わるんですが、ダンジョンについて教えてほしいのです。この森林に、休止中のダンジョンがあると聞きました。ここにダンジョンがあったことも知りませんでしたし、何よりダンジョンが休止するなど、今まで聞いたことがありません」

森神様は首を伸ばして、オルトビーンに顔を寄せる。

〈ダンジョンは己の中に魔獣を生み出す、一つの生き物、生物じゃ。一見動いていないように見えても、じっと静かに時が満ちるのを待っているだけかもしれん〉

時が満ちるとは何だ？　何を待っているんだ？

〈ダンジョンの目的とは、生き物としてのダンジョンの本能とは何じゃと思う？〉

魔獣が多いエリアをダンジョンと呼ぶのではなく、ダンジョンこそが魔獣を生み出している。つまり……

〈魔獣を多く生み出し、そして世に放つこと。それがダンジョンの目的であり、本能なのじゃ〉

時が満ちるのを待つということは、魔獣達を解き放つ時期を待っているということか。

〈この未開発の森林のダンジョンは、古い時代から生きているダンジョンじゃ。それだけ長い間、

力を蓄えて、時期を待っているのじゃよ〉

もし、森神様の言われることが本当なら、ダンジョンは蓄えた力、つまりは魔獣を暴走させること――スタンピードを狙っている可能性が大きい。

オルトビーンが俺の方へ振り返る。その顔は真剣だ。

「たぶん、エクトがイメージした通りだと思う。いつ起こるかわからないことだし、備えておくべきだろう」

「入口を粉砕して、ダンジョンを埋めてしまってもダメなのか？」

「ダンジョンは生きてるんだよ。だから、どこにでも新しい入口を作るだろうね」

確かにそれだと、塞いでも、塞いでも、また入口を作られて、イタチごっこだ。何の解決にもならない。

「今からダンジョンの中へ潜って、総攻撃で魔獣達を狩って、ダンジョンの力を削ぐことはできないのか？」

「ダンジョンが時が満ちるのを待っているというのは、一気に魔獣達を産み落とそうとしていることだと思う。継続的に生み出していたら、既に溢れ出していてもおかしくないしね。今から総攻撃をかけても、今いる魔獣達を倒すだけで、解決にはならないだろう」

「どうしたらいいんだ？　出入口を、武装した兵士達や冒険者で固めて、魔獣達が外界に出られないようにすればいいのか？」

「今までの防御方法だと、それが一番有効な手段だと思うよ。入口は決して大きくないだろうから、そこで少しずつ敵の戦力を削っていくのがいいかもね」

それならば、一刻の猶予もないな。冒険者ギルドへ緊急依頼をかけて、出入口に冒険者と兵士達を置くしかないだろう。

しかし、オルトビーンは静かに俺を見つめて、大きく首を横に振る。

「……ただ、いつそれが起こるかわからない以上、戦力をずっとそこに置いておかないといけないのが辛いかな。生半可《なまはんか》な戦力じゃ、一瞬でやられるだけだ。何かしら、魔物を生み出す予兆はあるかもしれないが、その予兆があってからだと、入口で対処する手段を取れない可能性もある。それに、この森には大量の魔獣もいるから、そちらの相手をすることも考えないといけないだろう」

確かにそれもそうだ。じゃあどうすれば……

「あえて提案するなら。ダンジョン内での戦いや、ダンジョンの出入口での戦いは放棄して、こちらから籠城戦に持ち込む。これが唯一の突破口だと思うよ」

「……そうだな。幸い、現時点でそれらしい予兆はなさそうだからな。決してゆっくりはできないが、しっかりと対応策を考えることにしよう」

いつ時が満ちるのかはわからないが、それまでに防備を強化しておく必要がある。

そうしないと、俺達の村が滅んでしまうだろう。

森神様が首を伸ばして、俺の方へ顔を寄せる。

〈いざという時は、わしもエクトの一助となろう〉

森神様がいれば百人力だが、頼りっぱなしになるわけにもいかない。

俺達は森神様に頭を下げると、地下道へと戻るのだった。

俺達は地下道を使い、アブルケル連峰の麓を目指す。

「へえ、ハイドワーフ族の住む洞窟か。ハイドワーフ族に会うのは初めてだな」

麓に到着し、崖を登って洞窟に入ると、後ろをついてきているオルトビーンが興味津々にそう呟く。

洞窟の奥にある広い空間では、族長のガルガンが火酒を飲んでいた。

「ガルガン、久しぶり！　元気にしてたかい？」

「おおー！　エクトではないか！　わしはこの通り、元気だ！」

ガルガンが両腕を持ち上げ、力こぶを見せて、大きく笑う。

「エクトは何をしに来た？　まだミスリルの鉱石を取りに来る日ではないだろう」

「ああ、ガルガンに相談があってな。たしか、ガルガン達が使ってる発破って、ご先祖様が誰かから教わったんだよね？　それで聞きたいんだけど、今から俺が絵を描くから、それを知っているか教えてもらえる？」

俺は尖った石で、大砲の絵を床に描く。それを見たガルガンが目を見開いて驚いていた。

「これは……大筒《おおづつ》ではないか！　なぜエクトが知っているのだ？」

やはりハイドワーフ族のご先祖様は、大砲のことも教わっていたか。

「俺も昔に、これと似たようなモノを見た記憶があるんだよ。この大筒、俺の知っている呼び方だと『大砲』って言うんだけど、大量に作ることはできるかな？」

「うむ、大砲は鉄で作ると、数発使用しただけで亀裂《きれつ》が入って、使い物にならなくなる。しかし、ミスリルであれば、頑丈な大砲を作ることができる。何の問題もない。大丈夫だ」

「それを至急で、できるだけたくさん作ってほしいんだ。お願いできるか？」

「大砲が必要とはただ事ではないな！　いったい、何が始まるのだ？」

俺は森林にダンジョンがあったこと、スタンピードが起こるかもしれないこと、そしてそれがいつ起こるかもわからないことを、推測も交えてガルガンに説明する。

ガルガンは難しい顔で俺の話を聞いていたが、口を開く。

「そのスタンピードが始まれば、この洞窟も危ないか？」

「もしダンジョンから、そして森林から魔獣が溢れた場合、この洞窟に気が付く可能性は高い。そうなれば確実に被害が出るだろうから、できることなら、俺達の城塞都市へ避難してきてほしい。そして、一緒に戦ってほしいと思ってる」

「わかった。今から大砲の準備をしよう。エクトが嘘をつくとは思えんからな。大砲もそうだが、発破も大量に用意しておこう」

「それは助かる。頼んだよ」

ガルガンと俺の話し合いを聞いて、オルトビーンが穏やかに微笑んでいる。

「ここがミスリル鉱石の出所だったのか。エクトが必死に隠していた理由がわかったよ。ハイドワーフ族と仲がいいんだね」

ガルガンが俺の肩に腕を回して、ニッと笑う。

「わしとエクトは友だからな。友は助け合わんといかん」

「大砲が大量に完成したら、それだけ火酒を持ってくるから頼んだよ」

「さすがはエクト。わかっておるではないか。火酒はわしらの燃料だからな」

ガルガンと軽くハグをして、俺はオルトビーンと共に洞窟を出る。

するとオルトビーンは洞窟の出入口で立ち止まって、周囲を観察し始めた。

「エクトの判断は正しいね。この洞窟が魔獣達に襲われたら、ハイドワーフ族は壊滅状態になるだろう。希少な先住民族がいなくなるのは、心が痛いからね」

「ああ。それにハイドワーフ族は発破の使い方にも慣れているし、大砲の使い方にも詳しいと思う。兵士達に使い方を教えてもらいたい。そのことがなくたって、一騎当千《いっきとうせん》の猛者《もさ》ばかりだ。味方についてくれると心強い」

俺とオルトビーンは頷き合うと、地下道を使って、城塞都市ボーダへと向かった。


帰り道の途中、完全に日が暮れたので、地下道の中で一泊してからボーダに戻り、俺とオルトビーンは、まっすぐ冒険者ギルドへ向かった。

扉を開けると、カウンターからアリーがニッコリと微笑みかけてくる。

「昨日出した、俺の依頼はどうなっているかな？」

「複数の冒険者達が依頼を受けています。まだめぼしい進展はないようですけど」

「できれば、冒険者達にダンジョンの中も調査してもらいたいんだ。冒険者に頼んでもらえないかな？」

「わかりました。ですが、冒険者達は貪欲ですから、ダンジョンの出入口の調査だからといって、外から眺めただけで戻ってくる者は少ないでしょう。ほとんどの冒険者達はダンジョンの中まで入っていると思いますよ」

「ああ。それでも至急でダンジョンの中を調査してほしいんだ。もし万が一、ダンジョンの魔獣達と遭遇した場合は、魔獣達の実力も測ってほしい。ダンジョンの中を調査した者は追加料金を用意すると伝えてくれ」

「わかりました。冒険者達から情報をまとめて、ご報告いたしますね」

「よろしく頼む。魔獣達の数と動きをできるだけ正確に把握しておきたいんだ」

「エクト様の期待に沿えるように頑張ります」

冒険者ギルドを出ると、オルトビーンが大きく頷いて、ニッコリと笑う。

「エクトは動きが早いよね。俺が指摘しようと思ったことを、言う前に動いていくんだから、大したもんだよ」

「俺は自分のできることを全力でしているだけだよ」

それでも俺一人にできることなんて、たかが知れているし、やはり皆の協力が必要だ。

今回の件は、『進撃の翼』の五人に話して、一緒に調査に行った方がいいだろう。

アマンダ達なら、真剣に相談に乗ってくれるに違いない。

俺は自宅の前でオルトビーンと別れると、『進撃の翼』の家へ急いだ。

第16話　ダンジョン探索！

「おーい！　皆、いるかーい？」

「エクトの方から訪ねてくるなんて珍しいじゃないか」

俺の声で玄関に顔を出したアマンダが、ニッコリと微笑む。

「皆と相談したいことがあってね。至急の用事なんだけどいいかな？」

「冒険者ギルドに依頼していた、ダンジョン調査のことだね。休止中のダンジョンって話だったと思うけど、違うのかい？」

さすがはアマンダ。もう依頼を確認していたのか。

「森神様の所へ行って話を聞いてきたんだけど、どうやらダンジョンってのはそもそもが生物で、休止しているように見えても、実際は力をため込んでいるそうなんだ」

「なんだって？　話が違うじゃないか！　すると、ダンジョンはどうなるんだい？」

「ダンジョンの狙いは、おそらくは大規模なスタンピード」

スタンピードと聞いて、アマンダの顔が青くなる。

「それは大変なことじゃないか！　至急でダンジョン内を調査しに行かないとヤバいことになる

ぞ！」

「だから、皆の家まで来たんだ、俺に力を貸してくれ」

「わかった、一緒に行こう。すぐに皆を呼んでくるよ！」

アマンダは家の中へと消えていった。

しばらくすると、全員が武装をして玄関に現れた。オラムが笑いながら走り寄ってくる。

「やっぱり僕達の出番になったね。ダンジョンがあるってわかった時に、僕達に相談しておけば良かったんだよ」

「そうだな。俺も軽率だったと思う。もっと皆に頼っておけば良かった。皆、俺に力を貸してくれ。ダンジョンに入るのは初めてなんだ」

アマンダが俺の腕に、自分の腕を絡めてくる。

「私達はドラゴンを倒す前だって、Bランク冒険者だったんだ。ダンジョンにも潜り慣れているさ。だから安心しな」

「そう言ってもらえるとありがたい。頼んだよ」

「それで、どこからダンジョンに潜るんだい？　ダンジョンの入口はわかっているのか？」

ダンジョンの入口がそれぞれの村のどのあたりにあるかは、イマールが区画長達から聞いている。

あとは、どの村からダンジョンに入るかだが……

「ここから近いところだと、ゴーズ村の跡地かな。そこのダンジョンの入口から入ろう」

アマンダが全員を鋭い視線で見回す。

「そうと決まれば、皆で出発だよ！」

「「「「おう！」」」」

俺達は気合いを入れて、ボーダを出発したのだった。

元ゴーズ村近辺のダンジョンの入口は、情報通りの場所にあった。どうやら階段状になっていて、地下に続いているようだ。

俺達は一度その前で立ち止まり、武器の準備をする。

「これからダンジョンへ入る。皆、いつもの通りに冷静に行くよ」

「僕が斥候を務めるよ」

オラムがダンジョンの入口へと飛び込んでいき、俺達もすぐに後を追った。

地下一階層は洞窟のようになっていて、光苔が壁一面にびっしり光っている。

出てくる魔獣はゴブリン、コボルト、ホブゴブリン、ワーウルフといった低ランク魔獣ばかり、それも少数なので、斥候のオラムが短剣でサクサクと倒していく。

他のメンバーは警戒のため武器を手にしているが、手を出すこともなく、セファーは紙にダンジョンの地図をマッピングしていた。

ほどなくして、地下二階層へ続く階段を発見した。

二階層は環境がガラリと変わって、森林地帯となっている。なるほど、ダンジョンってこういう感じなんだな。

しばらく歩いていると、オラムが樹々の上を指差して叫ぶ。

「上を見て！　アームコングの群れだよ！　皆、戦いの準備をして！」

アームコングは四本の腕を持った猿型の魔獣で、単体のランクは高くないが、群れると厄介だ。

群れは樹々の上から飛び降りて、四本の腕で攻撃してくる。

しかしそんなアームコングを、ノーラが大楯で吹き飛ばし、アマンダが両手剣で両断する。オラムは短刀を投擲して額を穿《うが》ち、セファーが《刃竜巻《ストームカッター》》でミンチに変える。ドリーンが《爆裂》で頭部を破裂させた。

数分の戦いで、アームコングの群れは壊滅状態となった。さすがはSランク冒険者だ。

俺も何かしようと思ったが、五人の攻撃が鮮やかで、見惚れている間に終わってしまっていた。

先を急ぐべく森林を駆けていると、樹々に擬態した魔獣――トレントが現れた。

しかし『進撃の翼』の五人は立ち止まることなく、トレントを次々と倒していく。胸に輝く魔石を砕けば動かなくなるのだが、動きが遅いため、簡単に行動不能に持ち込めるのだ。

そんなわけで、サクサクと倒しつつ先頭を走っていたオラムだったが、急に引き返してきた。

「ヤバいよ！　ヤバイよ！　ポイズンマッシュルームの群れだ！」

「あの麻痺毒《まひどく》は食らったらヤバい。この階層で解毒ポーションを減らしたくないから、気をつけて戦わないとな」

アマンダが俺の隣で愚痴《ぐち》を吐く。

オラムの背後から、ポイズンマッシュルームの群れが、緑色の煙をまき散らしながら迫ってくる。

セファーの風魔法《風防衛《かぜぼうえい》》で毒が降りかからないように防御してもらい、アマンダ、ノーラ、オラムが応戦する。その間に、ドリーンは炎魔法《爆炎》を放ち、ポイズンマッシュルームの集団を灰に変えていった。

なんだかんだいって、危なげなく倒せているから本当にすごいと思う。

二階層もあっという間に抜けて、三階に続く階段を見つけると、オラムが階段を駆け走っていく。

三階層はまた洞窟のような迷路になっていた。違いがあるとすれば、一階層よりも通路の幅が広いことだろうか。

また、出てくる魔物も違うようで、通路の向こうから俺達を見つけた三体のオーガが襲いかかってくる。

しかしそれも、一体はアマンダが両手剣で両断し、もう一体は俺がアダマンタイトの剣で袈裟切りにする。そして最後の一体も、セファーが《刃竜巻》で細切れにした。瞬殺だ。

「三階層はオーガか。出てくる魔獣のレベル的に、おかしなことは特にないな。休止中と思われていただけあって、他のダンジョンに比べると、魔獣の出現数が少ないような気もするな」

アマンダが、そんな気になることを呟いた。今のところ、他のダンジョンと比べて、異常性はないようだが、魔獣の数が少ないというところが気になるな。

三階層にはセーフルーム――魔獣が入ってこられない部屋があった。

どうやらどんなダンジョンでも、このセーフルームがあるそうで、ここで休息を取るのが一般的らしい。

俺達も休憩することにして、干し肉をかじり、水筒の水で水分を補給する。

「まだこのダンジョンがどれくらい大きいのか把握できないね。それに少ないとはいえ魔獣はいたし、もう動き始めているのかもしれないな」

アマンダの言葉に、俺は頷く。

そういうことであれば、いつ時が満ちてもおかしくないのかもしれない。

アマンダは十分休憩を取ってから、皆を見回す。

「さあ、下の階層を目指すよ！」

そのまま順調に進み、五階層で他の冒険者を発見した。

見覚えのある顔なので、依頼を受けて調査に来ていたボーダの冒険者だろう。

こちらに気付いた様子の彼に、アマンダが声をかける。

「何階層まで潜ったんだい？　全部で何階層までありそうかわかったら教えてほしいんだが」

「俺達は十五階層まで潜った帰りだから、それより下の階層はわからない。十五階層まで行くと、急に魔獣達が強くなって、ドラゴンの亜種が出やがった。この調子だと、もっと下の階層にはドラゴンがいるかもしれないぜ」

「わかった。十五階層から下が危険区域ということか。貴重な情報をありがとうな」

アマンダは冒険者へ礼を言い、俺達の元へと戻ってくる。

「十五階層までは、彼らの情報もあるから私達が調査する必要はないだろう。そこから下が危険区域になりそうだ。そこまでは魔獣を避けつつ、一気に潜るよ」

「ああ、なるべく下の階層まで調査したいからな」

俺が頷くと、アマンダはオラムに向き直る。

「オラム、あんたが頼りだ。頑張っておくれよ」

「わかったよ、任せて。皆は僕の後を追ってきてね」

オラムがニッコリと笑うと、パーティの雰囲気が一気に和んだ。やはりオラムはパーティのムードメイカーだな。

それから俺達は、魔獣達となるべく戦わないルートで、十五階層を目指した。

そして、途中で戦っている冒険者達と遭遇した際は、アマンダが情報を聞きに行く。

『進撃の翼』はボーダ内での知名度は抜群だし、そもそも募集時に彼女達を見てボーダに来た冒険者が多いので、皆、協力的だった。

そうしてアマンダが集めた情報を統括すると、やはり十五階層以降で強い魔獣が現れるという。もっと下の階層に進むには、それなりの覚悟が必要なようだ。


それから俺達は、何回かの休憩を取りながら、十五階層へ到達した。

十五階層は、周りが岩石に囲まれていて、広大な通路が広がっているエリアだ。

階段を下りてすぐ、銀色の鱗に覆われたトカゲのような姿の、三～五メートルくらいの魔獣が大量発生しているのが目に入った。これがドラゴンの亜種だろう。

アマンダが魔獣に接近し両手剣を振るうと、魔獣は両断された。

しかし、いつもに比べて斬る際に抵抗感があったように見えたので、あの鱗は相当頑丈なのだろう。鉄製の武器では効かないかもしれない。

ドリーンが《爆裂》で魔獣を破裂させようとするが、鱗が銀色に光り、全く魔法が通じない。確かファイアードラゴンの時も、同じことがあった気がする。

セファーの《風刃》も全く同じで、どうやら魔法士にとっては厄介な魔獣みたいだ。

ノーラはといえば、全長五メートルはありそうな個体を大楯で押し返し、ミスリルの槍で額を貫いていた。

「ガァオオー！」

少し遠くで俺達の戦いを見ていた一匹が、威嚇するように咆哮をあげると、体の周りに緊張が走るような感覚があった。ドラゴンと同じように、咆哮には相手を威圧する能力があるようだ。

しかし、俺にも、『進撃の翼』の五人にも、それは通用しなかった。なにせ、本物のドラゴンという、もっと強力な敵と戦ってきた経験があるからだ。

セファーは魔法が通じないと見るや、ミスリルの細剣で、ドラゴンの亜種の鱗を貫く。

オラムは走り回って攪乱《かくらん》しながら、攻撃を躱しつつ、短剣で額を穿つ。

俺もアダマンタイトの剣で、近づいてきたドラゴンの亜種を横薙ぎに一閃して、両断した。

そうしてドラゴンの亜種を倒しながら、十六階層へ進む階段を探すのだが、少し進むとまた敵に遭遇するので、なかなか探索が上手くいかない。

冒険者達が十五階層で戻ってきた理由がわかった。これでは通常の冒険者では、これ以上は進めないだろう。

しばらくドラゴンの亜種を狩りまくって、やっと十六階層に向かう階段を発見した。オラムを先頭に階段を駆け下りる。

辿り着いた十六階層は、岩石の壁に、地面にはところどころマグマの川が流れている灼熱《しゃくねつ》のエリアだった。ここにいるだけで、汗が滴《したた》り落《お》ちる。

「グウォオオー！」

十六階層全体にドラゴンの咆哮が響き渡った。さっきよりも威圧感が強い。

見上げれば、ワイバーンが群れをなして飛んでいた。

アマンダが、あまりの熱さに汗を流しながら、俺の傍へ寄ってくる。

「ワイバーンの群れは厄介だぞ。空中にいられては、私達の剣や槍は届かない。ここはセファーとドリーンに任せるしかないな」

アマンダの言葉に頷いて、セファーが《風刃》で、ドリーンが《爆裂》でワイバーンの翼や頭を攻撃し、ワイバーンを落下させる。そこを、アマンダやノーラが止《とど》めを刺すという形になった。その間、オラムは別行動で十七階層へ向かう階段を探している。

俺はといえば、足の裏から土柱を伸ばして空中のワイバーンに飛びかかると、アダマンタイトの剣でワイバーンを両断する。俺が落下するタイミングで、セファーが《浮遊》で助けてくれた。

「グウォオオー！」

ワイバーンの群れが再び咆哮をあげる。

まだまだ飛翔《ひしょう》しているワイバーンの数は多く、キリがないように感じてしまう。

オラムが階段を発見するまでの辛抱だと戦い続け、ドリーンとセファーの魔力が残り少なくなって、マナポーションを飲んだ頃、オラムが急いで戻ってきた。

「十七階層へ向かう階段を発見したよ。案内するから、皆、早く行こう」

「ああ、そうしよう。ワイバーンの群れを相手にするのは厄介すぎる」

オラムに続いて、アマンダ達も俺も、その後へ続く。殿《しんがり》は大楯を持っているノーラだ。

オラムが見つけた階段を駆け下り、十七階層に到着したが、十六階層と同様、岩石地帯とマグマが流れていた。

しかも先ほどよりも気温が高いせいか、すぐに喉がカラカラになり、体力が削がれていく。

この階層にいるだけでも、灼熱で体力が削がれる。この中で魔獣達と戦うのか。

「ガァォオオー！」

そう思いながら探索していると、ドラゴンの咆哮が響いた。

またドラゴンの亜種か？　と思った時、岩石の陰から、ファイアードラゴンが二体現れる。

「ヤバいよ！　ファイアードラゴンが二体もいる！　これ以上はヤバすぎるよ！」

オラムを先頭にして、俺達は走って逃げた。

俺達の走り去った場所に、ファイアードラゴンの火炎のブレスが通り過ぎていった。アマンダが俺の隣を走る。

「逃げ回っていても、このままじゃ先にこっちの体力が切れて、火炎のブレスで焼かれるだけだ。

二体であろうとも、ファイアードラゴンを倒すしか方法はないよ」

確かに、逃げ回っていても仕方がない。

アマンダが先頭を走るオラムに大声で指示を出す。

「オラム、私達がファイアードラゴンの相手をしている間に、十八階層への階段を探し出しな。十八階層へ行けば、ファイアードラゴンを回避できる」

「わかったー！　全力で階段を探すねー！」

オラムは顔から汗を流しながら、必死で走り去った。

「皆、喉を狙え！　喉さえ潰せば、火炎のブレスは吐けない！」

俺は火炎のブレスを避けながら振り向いて、皆を励ます。

そして足の裏から土柱を伸ばして、ファイアードラゴンの一体に急接近した。

ファイアードラゴンは油断していたのか、俺はアダマンタイトの剣でその喉をあっさり貫いた。

そのまま袈裟《けさ》懸《が》けに剣を振るって傷を広げ、セファーの《浮遊》のサポートを受けながら着地する。

もう一体は、アマンダとノーラが周りを駆け走って攪乱《かくらん》し、隙を見てセファーが矢を放っていた。

ドリーンが放った《火球》が目くらましになり、ミスリル製の矢じりがドラゴンの喉を貫く。

俺の剣もセファーの矢も、致命傷にはなっていないようだが、これでブレスは吐けないだろう。

そう、一瞬気を抜いた俺の体は、ファイアードラゴンの太い尻尾によって撥《は》ね飛《と》ばされた。

岩場に強く体を叩きつけられた俺は、せり上げてきた血を吐く。これは……内臓をやられたかもしれない。

今の衝撃でも割れていなかったポシェット内のポーションを取り出して、口の中に流し込む。

俺がそうしている間にも、アマンダとノーラがファイアードラゴン一体を追い込んでいた。

そこへドリーンの《爆裂》が、俺がさっきつけた剣の傷に命中し爆発を起こした。どうやら、鱗が剥《は》がれれば普通に魔法は効くみたいだ。

ドシンと倒れ込んだファイアードラゴンを、すかさずセファーが細剣で額を貫いて絶命させた。

残る一体は、ノーラが足止めしてくれていた。

回復した俺は、ファイアードラゴンの足元を土魔法で爆《は》ぜさせ、岩や石の礫《つぶて》を足元からぶつける。

そして足元が崩れて倒れ込んだファイアードラゴンの首元へと接近すると、アダマンタイトの剣を振り下ろした。

ファイアードラゴンの首が胴から離れ、空中に舞った。

これで何とか生き延びた、か……

——ガァォオオー！

しかし息をつく間もなく、姿は見えないが、ファイアードラゴンの咆哮が遠くから聞こえた。おそらくこの階層はファイアードラゴンの巣なのだろう。

すると、顔面蒼白《そうはく》なオラムが俺達の元まで駆け戻ってきた。

あんなオラムは初めてだ。

「十八階層へ向かう階段を見つけたよ！　でも階段に辿り着く前に、あっちこっちにファイアードラゴンがいっぱいだよー！」

オラムの目いっぱいに涙が浮かんでいる。相当に怖い思いをして、十八階層への階段を見つけてくれたのだろう。

アマンダが焦った顔で、俺に向かって駆け走ってくる。

「もう私達の体力の底を尽きかけてる。十八階層に向かえば、これ以上危険な目に遭って死ぬ可能性もある。冒険者は生きることが最優先、ここが引き時だ。撤退しよう」

『進撃の翼』の五人の顔に焦燥と疲労が見える。ここは引き返した方がいいだろう。

俺はアマンダに大きく頷き、十七階層で調査を打ち切って、地上に戻ることにした。


それから俺達は、なんとか十四階層まで戻ってくることができた。

俺も『進撃の翼』の五人もバテバテだ。セーフルームで休憩を取り、今も全員が壁にもたれ、グッタリとしている。

「疲れたー！　あの十七階層、ファイアードラゴンがたくさんいるなんて反則だよー！」

いつも元気なオラムも、流石に今はへとへとのようで、声に元気がない。

ファイアードラゴンはまだまだいたようだし、そいつらが地上に出てくると思うだけで、背中に嫌な汗が流れてくる。

「ドラゴン系は鱗で魔法防御されるから、私は無理」

珍しく、ドリーンが小声で弱音を呟いていた。

アマンダが俺の肩に体を寄せて呟く。

「今日の戦いは苛烈《かれつ》だったな。ポーションを飲んでも、精神的な疲れは癒《い》やせないからな」

「そうだな。あの灼熱の階層で、ファイアードラゴンと戦うのは不利だ。あまりの高温で体力も気力も奪われてしまうからな」

あれだけ大量のドラゴンを、ダンジョン内の、あの階層で掃討するのは無理だ。

というか、通常の冒険者であれば、ドラゴン系の階層に突入した途端に、返り討ちに遭うだろう。

俺達でも、ファイアードラゴン達を掃討するには、やつらに別の階層に来てもらわないと困る。

しかし、ドラゴン達が今の階層から移動するということは、スタンピードの始まりを意味する。

俺は静かにため息をついた。

皆、水筒から水を飲んで、干し肉をかじって、緊張を解く。今はそれができるだけでもありがたい。

「皆、少しだけ休んで行こう。眠りたい者は眠ってくれ、また元気が出るはずだ」

「私は寝るだ！」

ノーラは一言だけ言うと、ゴロンと体を横にして、すぐに寝息を立て始めた。よほど疲れていたんだろうな。セファーとドリーンも横になって目を瞑っている。

アマンダは俺の肩に頭を乗せたまま、そしてオラムは俺の膝を枕《まくら》にして眠っている。

動くわけにもいかないので、俺はそのまま、壁にもたれて、眠りについた。

一時間ほど眠っていただろうか。アマンダに体を揺すられて目を覚ます。

「ダンジョンの中で休みすぎると、緊張感が途切れて危険だ。体力と精神力が戻ったら、上の階層を目指して出発するよ」

周りを見ると、『進撃の翼』の五人は、全員が目覚めていて、出発の準備を整えている。俺が一番起きるのが遅かったようだ。

アマンダが皆に聞こえるように号令をかける。

「それでは地上に向けて出発！」

オラムが先にセーフルームから飛び出していく。いつも通り、中衛にアマンダと俺、後衛にセファーとドリーン、殿はノーラが務める。

帰りは地図に階段をマッピングしてあるから、迷うことはない。

次々と階層を上っていき、やっと地上に出た。やはり外の空気は美味い。地上に戻ってきたというだけで、緊張感が解《ほぐ》れる……といっても、ここはまだまだ危険な森の中。ボーダに帰るまでは気を抜くわけにはいかない。

しばらく歩き、ボーダの第二外壁が見えてきた。

あの壁は、なかなか破壊できるものではないだろうが、大量のドラゴンのブレス攻撃には耐えられないかもしれない。まだまだ補強する必要がありそうだな。

そんなことを考えていると、アマンダが俺の腕に、自分の腕を絡めてきた。

「そんなに深く考え込むな。まだ時間はあるはずだからな。それに一人で抱え込むんじゃない。皆で相談しよう」

アマンダの優しい眼差しが、俺を見つめている。

どうも俺一人で考えすぎていたようだ。

スタンピードについては、これ以上考えるのはやめよう。

城塞都市ボーダへ戻ったら、オルトビーンも、リリアーヌも、リンネもいる。

『進撃の翼』の五人とも話し合って、皆とも相談して、これからの行動を決めよう。

オラムが近寄ってきて、俺の右手を握る。

「僕も相談に乗るからさ。皆で一緒に考えようよ」

オラムがニッコリ浮かべた太陽のような笑顔に、俺は救われた気持ちになったのだった。


ボーダに戻った俺達は、まっすぐに俺の家へと向かう。

「ただいま」

「お帰りなさいませ。オルトビーン様より聞いていますが、ダンジョンの様子はどうでしたか？」

リンネが心配そうに出迎えてくれた。

「最下層までは行けなかったよ。あのダンジョンが何階層まであるのか、わからなかった」

そう話しながら、俺とリンネ、アマンダ達がリビングへ入ると、リリアーヌとオルトビーンが、ソファーに座って紅茶を飲んでいた。

オルトビーンが真剣な顔で俺を見つめる。

「随分と遅かったね。やはり、あのダンジョンは難敵かい？」

「ああ、十五階層から下はドラゴン種であふれていた。十七階層まで行ったが、そこで引き返してきたよ。だから最下層が何階層にあるかはわからない」

「そんなにドラゴン種があふれているのかい？」

アマンダがオルトビーンの質問に大きく頷く。

「十五階層がドラゴンの亜種のオオトカゲみたいな魔物の巣、十六階層がワイバーンの巣、十七階層はファイアードラゴンの巣だった。あれだけのドラゴン種を相手に戦える者なんていないぞ」

オルトビーンはアゴに手を当てて考えている。

「やはり、ハイドワーフ族の大砲や発破だっけ？　あの爆弾に頼った方が良さそうだね。聞いた話だと、大砲は相当強力だっていうし、有効かもしれない」

確かにハイドワーフ族の大砲が完成すれば、強力な武器になる。ドラゴン種にも有効だろう。

「それで、実際にドラゴン達と戦ってみてどうだった？　ダンジョンの入口に兵士と冒険者を置いて抑えられそうかな？」

「いや、到底無理そうだな」

ドラゴン一体でも、通常の兵士や冒険者達では荷が重い。

オルトビーンはまっすぐに俺の瞳を見る。

「それで、エクトはどういう風に覚悟したの？　どういう作戦でいくのかな？」

「やはりオルトビーンの言うように、ボーダに籠城して、戦うしか方法はないと思う」

するとリリアーヌが難しい表情になって、俺の方へ顔を向けた。

「城塞都市ボーダの住民全員が巻き込まれることになりますわ。それでもよろしくて？」

スタンピードに巻き込まれ、魔獣達に負けた時には、城塞都市ボーダは廃墟《はいきょ》となる。

さらに俺達だけではなく、住民達も壊滅状態になるだろう。

それでもいいのかと、リリアーヌが視線で訴えてくる。

「ああ。入口を固めたって、冒険者と兵士達が殺されて、結局ボーダが標的になるのは変わらないだろう。であれば、そこで戦力を減らすのではなく、万全の状態で迎え撃つべきだ。生き残るために全員で戦う……それが俺の判断と覚悟だけど、それではダメかな？」

俺の宣言に、リリアーヌは穏やかな顔で微笑む。

「それでよろしくてよ。エクトの覚悟は聞かせていただきましたわ。私はどこまでもエクトを信じて参りますわ」

オルトビーンは紅茶を一口飲んで、大きく頷いた。

「俺が最初の提案者だからね。賢者の名にかけて、スタンピードに勝利してみせる。エクトに約束しよう」

「私達は冒険者、魔獣を狩るのが仕事だ。私達は私達の仕事をするだけさ」

「私はどこまでもエクト様に従います」

アマンダは爽やかに微笑み、リンネが大きくお辞儀をする。

オルトビーンが頭の上で腕を組んで言った。

「スタンピードまでにはまだ時間があるはずだから、それまでに魔獣達を倒す罠《わな》を張ろう。罠については、皆と相談したい。せっかく集まったんだ。作戦会議をしよう」

「ああ、よろしく頼む」

皆を見回すと、全員が大きく頷いた。

魔獣達は必ず倒す。俺は心の中で強く誓った。

第17話　対策、そしてスタンピード

冒険者ギルドへ依頼した一週間の期限がきた。

冒険者ギルドの扉を開けると、アリーがカウンターで忙しそうに働いている。

そして俺を見つけると、美しい微笑みを浮かべて頭を下げた。

「頼んだ依頼の期限だけど、結果はどうなっているかな？」

「一応、報告書にまとめておきましたけど、誰も最下層まで調査できていませんでした。また、ボウケ村やボーダの近辺にも、入口は見当たらなかったようです」

Sランク冒険者の『進撃の翼』と俺でも、十七階層までしか調査できていない。誰も最下層まで調査できていないのは想定内だ。

依頼した当初と状況が変わった今、俺が知りたいのは、ボーダの冒険者達がどの階層まで潜ることができたか、だ。

それによって、冒険者達の質がわかる。

報告書を読むと、大体の冒険者達が十階層近くまでで、深く潜った者達でも十五階層で引き返してきている。だいたい予想通りだ。

ただ、ボウケ村の近辺に入口がないのは少し意外だったな。

アリーに依頼料を支払って、冒険者ギルドを出た。

そしていったん家に戻りオルトビーンと合流してから、ボーダの外に出た。

「さて、森林を移動させよう。オルトビーンも手伝ってくれ」

「わかってるよ。さっさと始めてしまおうか」

オルトビーンは六属性魔法の全てを使うことができる賢者で、魔力量も桁違いだ。当然、俺と同じ魔法を使えるので、彼がいれば単純に作業効率は倍だ。

俺とオルトビーンは未開発の森林を、全方向に一キロメートル切り拓く。

そのまま外周部まで移動した俺は、あたりを見回した。

「このへんでいいんじゃないかな。壁を建ててしまおう」

俺はそう言って、オルトビーンと共に、城塞都市ボーダの新たな、第三の外壁の作成に着手したのだった。


それから一週間かけて、第三外壁が完成した。

今回は、高さ十五メートル、幅五メートルと、これまでで一番高く、分厚いものだ。

俺もオルトビーンも魔力量は相当あるが、かといってこの一番外側の壁は簡単に作れる規模ではない。

魔力が切れそうになってはマナポーションを飲んで回復し、ということを繰り返すのだが、マナポーションを短期間に大量に飲むと中毒症状が出てしまうため、一日の作業量にも限界があるのだ。

ともあれ、無事に壁が完成したことで、ボーダの中心部は、第一、第二、第三の三つの壁に守られることになる。

この壁があれば、空を飛ぶものを別とすれば、地上からの魔獣をほとんどせき止めることができるはずだ。サイクロプスの突進でも、簡単に破壊することはできないだろう。

また、第三外壁と第二外壁の間には一キロメートルの空地があるが、ここには五メートルほどの深さの堀を、幾重にも掘っておいた。

もちろんこのままでもいいのだが、石油——正確には原油を使ってみることにした。

どうやら以前より、森の一部に石油が湧く池があったらしく、ボーダの住人達は『黒い水』と呼んで、昔から嫌悪してきたらしい。この世界では石油の有用性は知られていなかったようだ。

その話を聞いた俺は、それなら地面を掘れば油田的なものがあるんじゃないか？　と思い、《地質調査》をしたところ、見事に予想は的中。油田を見つけたため、そこから引っ張ってきた油を、この堀に流し込んだのだ。

万が一魔獣達が第三外壁を乗り越えてきたり、ドラゴン種がその内側に降りてきたりした時は、石油に着火して、魔獣達を炭に変えるつもりだ……煙とかちょっとヤバそうだけどね。

流石にそこまでやれば、第二外壁に辿り着く魔獣はかなり減らせるだろう。

それから、ハイドワーフに頼んでいた大砲も完成していて、第二外壁の上に設置してある。これは、ワイバーンやファイアードラゴンなどの空飛ぶ敵を落とすことを想定したものだ。

ボーダ警備隊の中から、口の堅い信用できる者を選び、地下道を使って、ハイドワーフ族が完成させた大砲を運搬させている。現在も運搬、設置中だが、最終的には百門になる予定だ。

住民達にもスタンピードが起こることを伝える必要があったのだが、それにあたってはイマールが頑張ってくれた。

まずは区画長達にスタンピードが起こること、もしかすると第二外壁より内側に被害が出るかもしれないこと、住民の一部に協力を要請する可能性があること、そして住民のボーダ中心部への避難が必要になることを伝える。すると当然、第一外壁と第二外壁の中間の居住区を管理する区画長の反対にあったのだが、イマールが保障や復興支援などをしっかり説得してくれたおかげで、なんとか納得してもらえたのだった。

その結果、農民達の中でも屈強な男達が、大砲の着火をする役割を担ってくれることになった。

大砲部隊は三人一組になっていて、指揮を執《と》るのはオルトビーン。

引き際を間違えることもないだろうし、ボーダ村出身の彼は、住民からの評価が高いのだ。

またオルトビーンには、今回の防衛作戦の総指揮を頼んでいる。スタンピードを乗り切るには、賢者の知恵と経験が必要だ。

冒険者達には、ミスリルの武装を貸し出すことが決まった。ボーダ警備隊と狩人部隊もミスリルの武装で固めている。彼らは敵が第二外壁を破った時の防衛担当だ。

第一外壁の上と、ボーダ中心部はハイドワーフ族に守ってもらう予定だ。もうすぐ彼らは大砲を全て完成させて、そのままボーダに来てくれることになっていた。

ハイドワーフ族は皆屈強な戦士なので、万が一第一外壁が敗れた時の最後の砦《とりで》になる。

また、発破も大量に用意してくれたので、敵が第一外壁と第二外壁の中間にいる時は、ミスリルの矢に取り付けて放ってもらうことになっている。こちらの指揮は、族長のガルガンに頼んだ。

『進撃の翼』の五人、リンネ、リリアーヌ、俺の八人は、遊撃隊として出動する予定だ。

これがオルトビーンと俺達が立てた防衛計画の全容だ。

第一外壁の中には魔獣は一体も入れさせない。ボーダの住民は絶対に守ってみせる。

そう決意しているが、やはり不安は拭えない。

これで大丈夫か？　不安要素はないか？　計画に穴はないか？

いつまでもそんな疑問が湧き起こってくる。

第一外壁の上からボーダ中心部を見下ろしながら考え込んでいた俺の様子に気付いたのか、隣にいたオルトビーンが、ゆったりと微笑んで、俺の肩をポンポン叩いた。

「できる限りのことはしているさ。不安要素があるとすれば、スタンピードの規模だけど、こればかりは起こってみないとわからない。だから心配しても仕方ないよ。俺達は全力をつくせばいいのさ。後は天がなんとかしてくれるだろう」

確かにオルトビーンの言う通りだ。

俺は城塞都市ボーダを見回して、大きく頷いた。

ハイドワーフの大砲が百門全て揃い、防衛の準備が万全に整ってから三日目の朝。

ダンジョン入口を監視していた冒険者達から、前兆らしき異変があったことを知らせる狼煙《のろし》が上がった。

すぐに各入口を警戒していた冒険者達がボーダまで戻ってきて、状況説明してくれた。

どうやら、どの入口でも、地中が大きく揺れるような感覚があったらしい。

詳しく聞けば、ゴーズ村の入口のあたりが最も揺れが大きかったようで、魔獣の咆哮のようなものも聞こえたようだ。

ということは、おそらく魔獣達はそちらからやってくるに違いない。

震動が魔獣がダンジョン内を上ってくるために発生したものだとしたら、今日にでも魔獣がやってくる可能性がある。

まさかこんなに早く事が起きるだなんて……備えが間に合って、本当によかった。

何も知らないままだったら、ボーダは滅んでいたかもしれない。

俺はすぐに、住民達に避難命令を出し、戦える者には作戦通り、準備を始めさせた。

そうして俺達が準備を済ませてすぐ、ゴーズ村の辺りから、複数の魔獣の咆哮らしき音と、移動によるものであろう土煙が上がった。

俺達が第一外壁上の見張り台に登ると、大量の魔獣がこちらへ向かってきているのが見えた。

群れの中にいるのは、ゴブリン、ホブゴブリン、コボルト、ワーウルフなどの低ランク魔獣に、オーク、オーガ、ミノタウロス、グレイトボアなどの中ランク魔獣。そしてサイクロプス、トロル、ジャイアントホーンなどの高ランク魔獣や、ドラゴン亜種、ワイバーン、ファイアードラゴンなど、当然だがダンジョン内で見たものが多い。そしてそれ以外にも、ブラックドラゴンなどの見たことのない魔獣もいた。

魔獣達は、未開発の森林を暴走する。

俺達の命運を分ける、スタンピードの始まりだ。

あっという間に魔獣達はボーダに辿り着いたが、第三外壁のところで、ほとんどの魔獣が足止めをされていた。高ランク魔獣の攻撃などで一部が破られる可能性もあるが、まだ時間はかかるだろう。

翼を持つドラゴン種は、第三外壁を乗り越えて飛んでくるが、オルトビーンの指揮で、百門の大砲が轟音を響かせる。

砲弾は狙いを違《たが》わずにワイバーンの翼を引き裂き、ファイアードラゴンの腕を吹き飛ばし、ブラックドラゴンの鱗を破壊して、墜落させていく。

次々にドラゴン種が落ちていく中、オルトビーンの指揮で石油に火が放たれ、第二外壁と第三外壁の間の空間が炎に包まれる。落下したドラゴン種は傷口を焼かれ、咆哮をあげながら、のたうち回っていた。

一方、サイクロプス、ジャンアントホーン、ドラゴン亜種の突撃によって第三外壁の一部が破られたが、雪崩《なだ》れ込んできた魔獣達は砲弾に撃ち抜かれ、堀に落ちて炎に巻かれていく。

それでも遠くからは飛行する魔獣がさらに来ているし、堀を飛び越えて第二外壁に迫る魔獣もいる。

俺達は地上に降りて、冒険者達、ボーダ警備隊、狩人部隊の面々と共に敵に備えた。

総指揮を執《と》るオルトビーンからの念話が、頭の中に響く。

〈作戦はおおむね上手く機能している。大砲はやはり有効だ。ただ、傷をつけたドラゴンで、そちらに着陸しようとしているものもいる。後のことはエクト達で頼む〉

それからすぐにオルトビーンが言った通り、ドラゴン種が第二外壁を越えて、地上に降り立った。

俺は声を張り上げて、冒険者達、ボーダ警備隊、狩人部隊の面々に指示を出す。

「遠距離攻撃はドラゴンの喉を狙え！　倒れ込んだドラゴンも、とにかく喉を引き裂け！　そうすればブレスは吐けないし、うまくいけばそのまま殺せる！　喉を狙うんだ！」

ボーダ警備隊や狩人部隊、冒険者達はそれぞれ小隊に分かれ、ドラゴンと対峙している。

ミスリルの矢がドラゴンの首に当たっているが、時々振るわれるドラゴンの尾による強烈な一撃で、吹き飛ばされる隊員達も多くいる。

「負傷者は各自、迅速《じんそく》にポーションを飲め！　大量にあるから使い惜しみするな！」

今回のポーションはアルベド商会からの無償《むしょう》提供だ。先日ボーダに来た時に、スタンピードが起こる可能性があることを伝えると、緊急で用意してくれたのだ。

俺は指示を出しながら、倒れ込んでいるファイアードラゴンに急接近する。

そのまま足を両断し横倒しにしたところで、その首をアダマンタイトの剣で一閃して倒す。

その間、リンネが近くにいる負傷者達に《エリアヒール》をかけて、負傷者を回復させてくれた。

リンネは今や、立派な回復魔法士だ。

リリアーヌの《氷結》の魔法も、傷つき鱗が剥がれたドラゴン種には有効なようで、氷漬けにして動きを止めている。

『進撃の翼』の面々は、リリアーヌが動きを止めたドラゴン種にとどめを刺したり、他のドラゴン種をどんどん倒したりしていた。

ダンジョンの17階層では、過酷な環境とそこまでの疲れでファイアードラゴン相手に苦戦したが、今は普段取りの環境であるうえ、砲撃によって敵は傷ついている。

楽勝とは言わないが、体力がまだまだあるため、そう苦戦することはなかった。

すると不意に、オルトビーンの念話が届く。

〈第一外壁から発破を付けた矢でドラゴン達を追い詰める。巻き込まれないように注意してくれ〉

それ同時に、第一外壁の上のハイドワーフ達が弓を構えるのが見えた。

「発破つきの矢が飛んでくるぞ！　いったん、後退しろ！」

全員がドラゴン種から距離を取ると、矢が雨のように降ってくる。

ドラゴン種に当たったそれは、轟音と共に爆発し、着実にダメージを与えているようだ。

各地で発破の爆発音が響き渡る。

あまりの轟音に聴覚を麻痺させながら、近くにいるリンネとリリアーヌを咄嗟に庇《かば》うと、リリアーヌが大きな声で叫ぶ。

「私達は大丈夫ですわ。それよりもエクトは一体でも多くのドラゴンを倒してください。リンネは私が守りますわ！」

リリアーヌは力強く俺を見つめている。

俺は彼女の言葉を信じて、ダメージを受けているドラゴン種を狩るために、戦場を駆け抜けた。

土魔法を使い、剣を振るい、ドラゴン達を倒す。

それだけのことを考えて集中していると、段々と感覚が鋭くなってきた。

体の中で、何かリミッターが外れたように、熱くなるのがわかる。

俺は解放された力に押されるようにして、ドラゴン達を屠《ほふ》っていった。


しばらくそうやっていると、『進撃の翼』と遭遇した。

満身創痍な彼女達に、持っていたポーションを全て渡す。

「大丈夫か？　こいつを使え」

「ありがたい。丁度切らしたところだったんだ。エクトも随分と大暴れしているみたいだな」

傷だらけでもアマンダは美しいな、なんて場違いなことを考えながら、アマンダを見る。

すると、ドリーンが顔を覆っているフードを慌てて取って、俺に詰め寄ってきた。

「エクト、体内の魔力が暴走している。危険な状態」

そうか！　だから体がこんなに熱いのか！

「暴走？　それって危険なのか？」

「もちろん。エクトには休憩が必要。一度、体内の魔力のバランスを平常に戻す必要がある」

ドラゴンを倒すことに集中しすぎて、危険だということに気付いていなかったのか。

しかし、まだまだドラゴン達はいる。

「今は休んでいる場合じゃない。俺が休めば、それだけ、負傷者の数が増えるだろう。そんなことで休むわけには――」

パチーンという音が響き、頬がじわじわと熱くなってくる。

どうやら俺は、アマンダにビンタされたらしい。彼女の目には涙が溜まっている。

「エクト一人が少し休んでも、戦況は大きく変わらない。勘違いするな。エクトに今必要なのは休息だ。冒険者にとっては、休息も大事な仕事なんだ」

「……わかったよ。アマンダの言う通りにするから、だから許してくれよ」

「この戦いが終わったら、説教だからな！」

俺はアマンダを相当心配させていたようだ。

戦いが終わったら、ゆっくりと説教を受けよう。

体の緊張を解くと、俺はペタンと地面に尻もちをついた。自分で思っていた以上に、疲れていたんだな。

「エクトが休んでいる間、私達でドラゴンを倒すよ！」

アマンダの叫びに、『進撃の翼』の五人はドラゴンへと向かっていく。

オラムが攪乱《かくらん》し、ノーラが大楯で尻尾を押さえ込んだところで、セファーが喉元を矢で穿ち、アマンダが両手剣を振るう。そして、ドリーンが傷口を《爆裂》で破裂させ、見事な連携プレイでドラゴンを倒していく。

感心しながら見ていると、オルトビーンから念話が入った。

〈エクト、戦況の報告だ。低ランク魔獣達のいくらかは、第三外壁を越えて炎に包まれるのを嫌がって、そのまま森林の中へ逃げ散っていった〉

そうか、低ランクでも集団で来られたら厄介だから、それはだいぶありがたいな。後々、またボーダの近くに現れるようなら狩ればいい。

〈中ランク魔獣達と高ランク魔獣達は、大砲の一撃で、炎の海へ沈めている。高ランク魔獣でも大砲の威力には敵わないみたいだ。ただ厄介なのはドラゴン種だね、やはりしぶとい……さっきから、飛んでるやつらが何体かそっちに行っちゃってるしね。とりあえず、また何かあったら連絡する〉

概ね作戦通りだな。

しかしやはり、今回のスタンピードの鍵《かぎ》を握っているのは、ドラゴン種か。

休息を終えた俺は立ち上がり、アマンダ達に手を振って、戦場を駆ける。

倒れたドラゴン種に確実にとどめをさしながら進んでいると、ボーダ警備隊の隊長、エドを見つけた。俺を見つけたエドが礼儀正しく敬礼する。

「戦いの状況はどうだい？　負傷者の数は？」

「小隊に分かれてドラゴンと戦っています。負傷者は多数ですが、ポーションのおかげで回復しています。負傷者、死者の数は正確にはわかりません」

これだけの乱戦だ。状況把握にも限度がある。エドが頑張っていることが伝わってくる。

「疲れが見える小隊は休息させるように。波状攻撃でドラゴンを倒すんだ」

「わかりました。負傷している兵士達には休憩を与えます。小隊で波状攻撃を仕掛け、ドラゴンを倒していきます」

「よろしく頼む。エドも無理はするなよ」

俺はボーダ警備隊に協力して、ドラゴン達を倒していく。

狩人部隊の戦い方は、ミスリルの矢でドラゴンの喉を傷つけて、ブレスを吐かせないようにして、抜刀して戦う、二段構えだ。その結果、負傷者の数は思ったよりも少ない。

ボーダ警備隊も段々と、ドラゴンの倒し方に慣れてきたようだ。ほとんどのドラゴンは翼を失っているので、ブレスと尾さえ回避できれば倒すことができる。

とりあえず一帯のドラゴンを駆逐したところで、俺はその場を離れ、次なる戦場へと移動する。

〈ファイアードラゴン等はまだまだ多いが、ワイバーン達は大砲を嫌ってか、森の方へ撤退していくようだ〉

オルトビーンの念話が届く。

おお、朗報《ろうほう》だな。奴らは地に落ちれば戦闘力がかなり下がるから、それで敵わないと思ったのだろう。

そのまま戦場を駆け、他の警備隊の面々や狩人部隊、冒険者達を見つけては、状況を確認しつつ共闘していく。

たまに大砲に一切当たらず第二外壁を越えてくるドラゴンもいたが、第一外壁の上にいるハイドワーフが放つ発破付きの矢によって叩き落とされていた。

戦場を駆け回った俺は、リンネとリリアーヌの所まで戻ってきた。

約束通り、リリアーヌはリンネを守ってくれているようだ。

俺はリリアーヌの《氷結》で動きが鈍ったドラゴン達の首を、横薙ぎに一閃する。

とりあえず二人が無事でホッとするが、スタンピードはまだ終わってはいない。ここで緊張感を解くのは命取りだ。

俺は落下してきたドラゴンへと、アダマンタイトの剣を握って駆け出した。


〈――第二外壁の一部を、炎を越えてきたサイクロプスによって崩されたようだ。被害が出始めた。大砲で最後まで諦めずに抵抗するつもりだ。危なくなったら撤退の合図を出す〉

ドラゴン達を狩っていると、オルトビーンの慌てた念話が入ってきた。

とうとう第二外壁の一部が崩されたか。サイクロプスは本当に厄介な魔獣だ。

だが、落下してくるドラゴン達の数も減っている。もうすぐ最終決戦となるだろう。

ドラゴン達は、あるいは大砲に撃ち落とされ、あるいは自ら降り立ち、あるいは第一外壁に近付いたところを発破付きの矢で落とされる。

そこに第二外壁を越えてきた魔獣も加わり、戦いはさらに熾烈《しれつ》になる。

ボーダ警備隊、狩人部隊、冒険者達が一体となって、魔獣に抵抗する。

《エリアヒール》を繰り返し使うリンネも、《氷結》を連発するリリアーヌも、そして土魔法を使いつつ剣を振るう俺も、もうヘトヘトだった。

ポーションやマナポーションを飲めば、体力や魔力は全回復するし、体の疲れも取れる。

しかし精神的な疲れは癒《い》やせない。

ボーダ警備隊も狩人部隊も冒険者達も、既に疲れはピークを迎えているだろう。

「あと少しで最終決戦だ。戦いが終わるまで、気力を失うな！」

戦場を移動し、俺は全員を励ます。

いつの間にか第二外壁を越えようとするドラゴンもまばらになってきているし、あと少しだ。

するとその時、第二外壁の上から緑色の狼煙《のろし》が上がった。

あの色は……撤退の合図か。

これで大砲は使えなくなった。

第二外壁の崩れたところから、サイクロプス、トロル、ジャイアントホーンなどが雪崩《なだ》れ込んでくる。

だが、ドラゴン種に比べれば、他の魔獣の方が倒しやすい。

それにまだ、第一外壁からのハイドワーフの援護射撃は続いているのだ。

冒険者、ボーダ警備隊、狩人部隊に壁を越えてきた魔獣を任せ、俺と『進撃の翼』の五人は、残り少ないドラゴン達を掃討することにした。

しかしその時、先ほどから森の上空に止まったまま俺達を監視していた、全長二十メートルを超える巨大な黒い竜が動いた。

「ゴォォオアアー」

戦況を見て、遂に自分が動くべきと考えたのだろう、黒竜が地上に降りようと降下体勢を取る。

〈——やっとわしの出番じゃのう〉

未開発の森林から、森神様の声が響く。

それと同時に、森神様の首が伸びていき、こちらに向かって降下を始めていた黒竜の翼と右腕を噛み千切った。

〈この黒竜が最下層の主じゃ。こやつを倒せば、スタンピードは止まるじゃろう。わしが手を出しすぎるのもおかしな話、後はがんばるのじゃよ〉

森神様の声が頭の中に響く。

黒竜は翼と右腕を失って、轟音と共にボーダの第一外壁と第二外壁の間——つまりは俺達の前に落ちた。

俺はすかさず突進して、アダマンタイトの剣で斬りつける。

しかし鱗は破壊できても、剣は皮膚を切り裂くのみで、筋肉まで通らなかった。アダマンタイトよりも硬いというのか。

カウンターのように黒竜が吐くブレスを、なんとか回避する。

黒竜のブレスは漆黒で禍々《まがまが》しい気配に満ちており、浴びれば危ないと本能が告げたのだ。

〈あやつのブレスは瘴気——毒のブレスじゃ。受けたら致命傷じゃぞ〉

森神様から警告の言葉が発せられる。瘴気の毒のブレスとは厄介だ。

俺は剣を振るい、黒竜の鱗を剥ぎ落としていく。筋肉は切れなくても、とにかくダメージを与えたいのだ。

「ゴォォオアアー」

苛立《いらだ》ったように黒竜が体を回転させ、太い尾が俺に向かって飛んできた。

咄嗟に足元に土柱を発生させ、その上に退避すると、すんでのところで土柱が俺の身代わりに破壊された。

俺は着地の勢いを利用して、黒竜の額を唐竹割りにすべく、大上段から剣を振り下ろす。

黒竜の額の鱗は粉々に破壊され、血が滲《にじ》む。

「ゴォォオアアー」

たまりかねてか、黒竜がブレスを吐いた。

着地した俺は咄嗟に土壁を幾重にも張って防御するが、ブレスは土を溶かし、俺へと襲いかかる。

反射的に息を止めるも、何の意味もなかった。

まとわりついた黒い瘴気によって、体中が焼けるように熱くて苦しい。体中が腐っていくようだ。

このままでは間違いなく死ぬだろう。

そんな時、滲んだ視界の端に、リリアーヌが駆け寄ってくるのと、彼女が俺と黒竜の間に氷の壁を生み出すのが映った。

さらにリンネも駆け寄ってきて、俺の体に手を当て、何かの魔法を発動する。

「エクト様っ！　――《オールヒール》！」

その途端、すっと痛みが引いていくのがわかった。

さらに全身を覆っていた瘴気も、浄化されているようだ。

これは完全回復浄化魔法、《オールヒール》か。使い手は世界中を探しても、そう多くないはず
だが……まさかリンネがこの魔法を使えるようになっていたなんてな。

俺は倒れていた体を起こすと、リリアーヌとリンネを抱え、いったんその場から退避する。

「ありがとう、リリアーヌ、リンネ……決着をつけてくるよ」

俺は二人を安全な場所に移動させると、改めて黒竜を見る。

奴は今まさに氷の壁を壊し、俺の方を睨みつけていた。

俺は黒竜を倒すことだけに意識を集中し、魔力を高める。

感覚が鋭くなっていくと共に、体の中が熱くなる。

さっきと同じ、魔力のリミッターが外れ、暴走している状態を生み出したのだ。

俺は《土沼《つちぬま》》という魔法で、黒竜の足元を沼化させる。そのまま下半身が埋まったところで沼の
泥を圧縮して石に変質させ、身動きを取れなくさせた。

黒竜は苦し紛れにブレスを吐くが、先ほどのものに比べてかなりか細い。

黒竜へ急接近した俺は、足元に土柱を生み出し宙に舞う。

そして黒竜の鱗が無くなっている額目がけて、アダマンタイトの剣を突き刺した。

頭蓋骨が割れた感触が腕に伝わってくる。

「ゴォォオアア！」

黒竜は一声、咆哮をあげて、しかしすぐに動かなくなった。

激しい戦いが終わり、周囲に静寂《せいじゃく》が満ちる。

そして一瞬ののち、暴れていた魔獣やドラゴン達が、散り散りバラバラに、森林へ向けて進み始めた。

いきなり背を向けた敵へと、味方が突撃していく。このまま逃がしても、いずれ戦うことになるだろうから、ここがチャンスであることは違いない。

しかし……これでスタンピードの戦いは終わったんだな。

空を見ても、滑空しているドラゴン種はいない。

――皆を守ることができた。

それを認識した途端、安堵から体の力が抜ける。

崩れかけた俺の身体を、リンネとリリアーヌが両側から支えてくれた。

「追撃は無理のない程度でいい！　この戦い、俺達の勝ちだ！」

俺は最後の力を振り絞ると、剣を空に向けて、戦っている皆に伝わるように、勝利の雄叫びをあげた。

エピローグ　ボーダの発展はまだまだ続く

スタンピードが終わり、一週間が経った。

ようやく体の疲れが取れ、体が元通りに動くようになった。魔力の暴走状態は、相当な負担がかかったらしい。

とはいえ、まだスタンピードの後処理は終わっていない。

壁の穴はそのままだし、住民達は今も、避難先の第一外壁の中で生活をしている。

魔獣やドラゴン種の死体は、ボーダ警備隊、狩人部隊、冒険者達が解体を進めているが、数が多くて、なかなか作業が捗《はかど》っていないのが現状だ。

早く都市を元の状態に戻す必要がある。

ベッドから起きて、服を着替えて、リビングへ行くと、オルトビーンがゆっくりと紅茶を飲んでいた。

「やあ、顔色が良くなったね、もう動けそうじゃないか。大丈夫なら、都市を元通りにする作業に行こうか」

「ああ、早くやらないと、住民達に迷惑をかけ続けることになるからな」

俺とオルトビーンの二人は家を出て、第三外壁へ向かって歩いていく。

あれだけ頑強に作ってあった第二外壁や第三外壁は、ところどころ崩れてしまっていた。

外壁に着いたところで、オルトビーンがゆったりと微笑む。

「第三外壁は俺が直していこう。エクトは大変そうな地面の方を頼めるかい？　土魔法はエクトの方が得意だからね」

「俺は土魔法しか使えないからな」

俺が皮肉で返すと、オルトビーンは苦笑した。

石油やそれが染み込んだ土、それからすっかり焼け焦げてしまった魔獣の死体は、使い道もないので地中深くに埋めていく。堀もそのまま埋めて、元のまっさらな地面に戻した。

オルトビーンの作業も終わり第二外壁まで戻ると、さっきは気付かなかったが、外側には魔獣達の攻撃を受けた傷跡が濃厚に残されていた。

大砲も一部は落ちてしまっていたが、基本的には第二外壁に設置したままにしておくことにしてある。スタンピードから逃げた魔獣がいつ襲ってきても防衛できるようにするためだ。

第二外壁の傷と穴、崩されている部分を修復したところで、俺は改めてその内側の様子を見回す。

だいぶ解体は進んだようだが、それでも魔獣やドラゴン種の死体がゴロゴロと転がっていた。

解体が終わって不要となった部分や、素材としても、肉としても使えなさそうな魔獣は、あっても仕方ないので地中深くに埋めておいた。

冒険者達は魔石を取り損ねて不満そうだが、魔獣の死体はいくらでもある。魔石も大量に取れるだろう。

『進撃の翼』の五人はと探してみれば、黒竜の解体に難儀しているようだった。黒竜はアダマンタイトの剣でも鱗や皮しか切れない難物だ。『進撃の翼』の五人でも苦労するだろう。俺は声をかけるのをやめた。

町並みの方は、だいぶ破壊されてしまっていた。

魔獣が暴れたし、発破の威力で地面が凸凹《でこぼこ》になっている。

俺とオルトビーンはマナポーションを飲んで気合いを入れ直し、二人で長屋を建てていく。

区画整理と今後の人口増加を見越して、大きめの長屋をメインに、今の住民数より部屋数が多くなるように大量に建てた。

これで各地区の住民がすぐに戻ってこれるだろう。

「こんもんかな」

「ああ。全住民が第一外壁の中に避難して一週間。そろそろ混乱が生じる頃合いだからな」

俺の言葉に、オルトビーンが頷いてくれる。

俺は自分達の区画に戻れるようにしたことを区画長達に告げに、内政庁へ向かう。

内政庁では、リンネとリリアーヌがイマールと一緒に忙しく働いていた。

そして、俺達の言葉を聞いた区画長とその場に居合わせた住民達は、泣きながら抱き合って喜び、すぐに自分達の区画へと戻っていった。

俺は家へ戻って、スタンピードが発生したことと、事の顛末《てんまつ》をグランヴィル宰相宛《あて》の報告書にまとめる。

何があったかの報告も大事だが、大量のドラゴンの素材をいきなり持っていっても王城が困るだろうから、どうすればいいかを聞きたかったのだ。一応、ドラゴンの素材は王家に献上するルールだからな。

とりあえずは、第一外壁と第二外壁の間の地下に大洞窟を作って、そこへ素材を保管しておこうと思っている。

あとは運搬用の荷馬車も作る必要があるが、これは後でガルガンに頼むかな。

報告書がまとまったところで、早馬を出しに行こうと部屋から出ると、オルトビーンが庭に大きな魔法陣を書いているのに気付いた。

「ああ、エクト。それが報告書かい？　多分それだけだとグランヴィル宰相も状況を把握しきれないと思うし、俺も王城に行ってくるよ。少しボーダを離れるけど、よろしくね」

オルトビーンはそう言うと、俺から受け取った報告書を手に、魔法陣の中央に立つ。

そして呪文《じゅもん》を詠唱すると、魔法陣が輝き出し、オルトビーンの姿が消えた。

転移魔法陣が使えるって本当だったんだな。

それからしばらく、俺達は畑を耕したり魔獣を解体したりと、復興に注力した。

そんな中、最後まで手間がかかったのはドラゴン種の解体だった。

住民達にも手伝ってもらって、解体作業を続けたが一週間はかかった。

『進撃の翼』の五人も黒竜の解体をしていたが、結局はハイドワーフ族と彼らの道具の力を借りて、やっと黒竜を解体することができた。

ハイドワーフ達には、それと平行して荷馬車を百台ほど作ってもらった。

頼ってばかりで申し訳ないと思っていたら、族長のガルガンは「そんなこと気にするな」と笑いながら引き受けてくれた。本当にありがたい。

そんなハイドワーフ達も、黒竜の解体が終わり、荷馬車を作り終えると、アブルケル連峰へと帰っていった。

「これでわしらの役割は終わった。よってアブルケル連峰の洞窟へ帰る。火酒を大量に持ってきてくれるのを楽しみに待っているぞ」

感謝の言葉を伝える俺達を背に、ハイドワーフ達は地下道を通って家へと帰っていくのだった。

そうそう、王家への報告についてだが、黒竜の解体が終わるまでの間に、一度だけ、オルトビーンが転移魔法陣で戻ってきたことがあった。

「陛下がエクトとの謁見を望まれている。ドラゴン種の素材を持って、王城まで来るように仰せだ。グランヴィル宰相も待っておられる」

「わかった。ボーダの修復が終わり次第、王城へ向かうと、グランヴィル宰相に伝えてほしい」

「助かるよ、それじゃあ俺はまた王城へ戻るから」

オルトビーンはそれだけ言うと、再び転移していった。

よほど忙しいんだろうな……俺達もそろそろ、王都行きの準備を進めないとな。

魔獣達の解体が終わり、城塞都市ボーダにもやっと平穏が訪れた。

農民達は笑顔で農耕地を耕して、狩人部隊の皆も、森林へと狩りに出かけている。

第一外壁の上で町並みを眺めていると、オンジが俺の隣にやってきてにこやかに微笑んだ。

「城塞都市ボーダもやっと日常に戻りましたじゃ。これも全てエクト様のおかげですじゃ」

「俺だけでは城塞都市ボーダを守ることはできなかったよ。全員の協力のおかげさ」

全員の力を結集したからこそ、スタンピードを乗り越えることができた。

オンジが俺の言葉を聞いて、深く頭を下げる。

「エクト様が領主で、中心におられるからこそ、全員が結集することができたのですじゃ。これからもよろしくお願いいたしますじゃ」

「そう思ってくれてるなら嬉しいよ……もっともっと城塞都市ボーダを豊かにしていかないとね。まだまだ始まったばかりだからね」

城塞都市ボーダをもっと豊かにしていきたい。

全員が協力すれば、きっと可能だろう。

ハイドワーフ族に作ってもらった荷馬車百台にドラゴンの素材を山積みにして、上から幌《ほろ》で覆う。

今回の王都への旅は、狩人部隊百人が荷馬車の護衛として同行することになった。

俺、リンネ、リリアーヌが馬車に乗り込み、『進撃の翼』の五人が護衛につく。

荷馬車百台のドラゴン素材、王家はどれ位の金額で買い取ってくれるだろうか。期待に胸が膨らむ。

第三外壁の大門では、オンジ、カイエ、ドノバン、バーキンの四人を中心に、住民達が見送りに集まって、俺達に向かって大きく手を振ってくれていた。

俺は馬車の窓から体を出して、皆に向かって笑顔で大きく手を振る。

「行ってきます。帰りを楽しみにしていてくれ」

『進撃の翼』の五人も笑顔で手を振って、馬車の横を歩く。

こうして、王都ファルスの王城へ向けて、俺達は城塞都市ボーダを出発した。